파리 옥탑방에서 일기를 쓰다

파리 옥탑방에서 일기를 쓰다

발행일 2020년 5월 22일

지은이 김민정
펴낸이 손형국
펴낸곳 (주)북랩
편집인 선일영
편집 강대건, 최예은, 최승헌, 김경무, 이예지
디자인 이현수, 한수희, 김민하, 김윤주, 허지혜
제작 박기성, 황동현, 구성우, 장홍석
마케팅 김회란, 박진관, 장은별
출판등록 2004. 12. 1(제2012-000051호)
주소 서울특별시 금천구 가산디지털 1로 168, 우림라이온스밸리 B동 B113~114호, C동 B101호
홈페이지 www.book.co.kr
전화번호 (02)2026-5777
팩스 (02)2026-5747

ISBN 979-11-6539-220-8 03810 (종이책) 979-11-6539-221-5 05810(전자책)

이 도서의 국립중앙도서관 출판예정도서목록(CIP)은 서지정보유통지원시스템 홈페이지(http://seoji.nl.go.kr)와 국가자료공동목록시스템(http://www.nl.go.kr/kolisnet)에서 이용하실 수 있습니다.
(CIP제어번호: CIP2020020559)

삽화로 담은
소소하고 아름다운
파리 풍경

파리 옥탑방에서 일기를 쓰다

김민정 에세이

스물아홉에 나 홀로 떠난 프랑스 유학길
낯선 문화와 언어, 생활고가 겹친 3중고를 겪으면서도
파리에서 8년을 보낼 수 있었던 것은
일기에 무언가를 쓰고 그릴 수 있다는
단순한 믿음 때문이었다.

북랩 book Lab

Paris

문 앞에서

귀국하고 7년 만에 유학 시절 낙서처럼 일기처럼 그린 그림으로 작은 전시회를 열었다. 조촐하게 지인들에게만 알린 전시회라 보러 온 사람은 많지 않았지만 나에게는 큰 의미가 있는 전시였다.

전시를 준비하면서 다시금 바쁜 일상으로 잊었던 유학 시절을 추억하게 되었고, 귀국 후에 잊고 있었던 그 시절의 내 꿈과 열정을 다시금 상기하게 되었다. 전시 후 내 생활은 조금씩 바뀌었다. 늘 똑같은 일상 속에서 조금씩 꿈꾸기 시작했고, 틈틈이 유학 시절 찍은 사진을 정리하며 일부를 그리기 시작했다. 그림을 배워 본 적이 없기에 선 그리기조차 서툴러 삐뚤빼뚤하지만 그림을 그리며 당시를 추억하는 것도 즐거운 시간이 되었다.

혹시 과거에만 사로잡혀 있지는 않을까 걱정도 됐다. 하지만, 이 시간을 통해 나는 소중한 과거의 경험을 바탕으로 현재를 충실히 살아가고 있으며, 한 걸음 성장하고 미래로 나아가고 있다고 믿고 싶다.

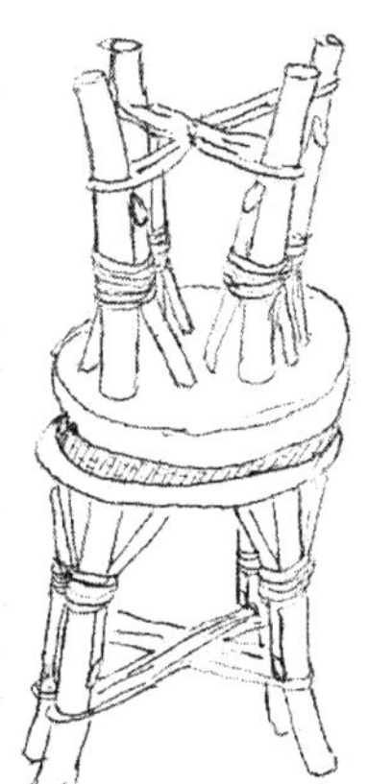

그리고 내 추억이 다른 사람들에게 색다른 즐거움의 통로가 되길….

C O N T E N T S

● 문 앞에서 006

○ 내 방에서

부케 말리기 020
티브이를 보다가 022
페트병의 변신 024
연필깎이 026
쪼가리 채소 키우기 028
밍키 밍키 030
올빼미 유로 동전 032
처음 보는 신기한 채소 034
낡은 창문 036
프랑스의 겨울 038
내 동생 040
책 더미 042
또 수두? 044

○ 방을 벗어나

이상과 현실 052
비둘기 둥지 054
공동묘지를 지나며 056
장보기 058
우리 집 굴뚝 060
비라켐 다리에서의 산책 062
아프고 난 다음 날 064
녹차 빙수 066
지붕 아래 열기 068
소매치기 070
레베이용 072

○ 파리에서

카페에서 카페 082
파리의 굴뚝 084
몽마르트르 086
뷔토카이유 088
마레 090
퐁마리 092
들라크루아 미술관 094
페르 라셰즈 096
생 라자르역 098
퐁피두 도서관 100
노트르담의 독수리 102
노트르담의 별 104
클뤼니 중세 박물관 106
마들렌 교회 108
뤽상부르 공원 110
도서관 상념 112
파니니&콜라 세트 114
오일장 116
지하철역 풍경 118

○ 파리를 벗어나

램프는 우아함	126
런던 교외에서	128
트램 여행	130
샤르트르	132
퐁텐블로	134
부르주	136
노르망디 해변	138
바이유	140
베르망통	142
라데팡스	144
베르사유	146
샹티이	148
아미앙	150
랑	152
몽생미셸	154
옹플뢰르	156
생드니	158
루아양	160
푸아티에	162

루앙 164
수아송 166
디종 168
아프리카-부르키나파소 170
랭스 172
상리스 174

● 문을 닫으며 178

● 어떻게 가나요?

파리에서 182
파리를 벗어나 188

● 부록 195

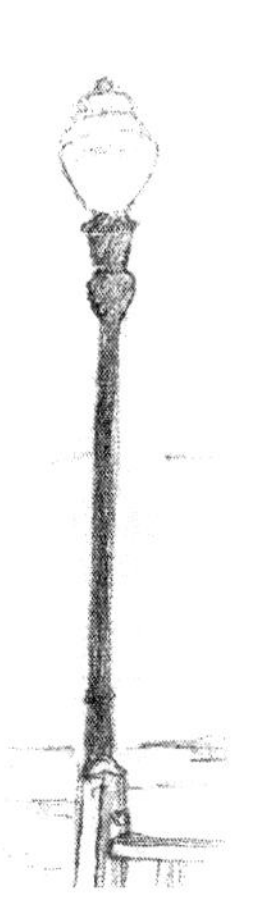

Paris

내 방에서

나는 혼자 있는 시간을 꽤 즐기는 사람이다. 혼자 온종일 있어도 심심하지 않다. 물론 그렇다고 여럿이 같이 어울리는 것을 싫어하지는 않는다. 친구 만나느라 시간 낭비한다는 말도 들을 정도로 친구들 만나는 것을 즐긴다. 하지만 그와는 별개로 나는, 나 혼자 오롯이 나 자신을 바라볼 시간이 늘 필요한 사람이라는 것이다.

프랑스 릴 기숙사에서부터 시작된 나 혼자만의 방, 정말 아무도 터치하지 않는 공간은 내가 그런 인간이라는 것을 다시금 상기시켰다. 부모님과 한국에 살 때는 문을 다 열어 놓는 집안 분위기 덕에, 그리고 자식 일이라면 열 일 다 팽개치고 임하시는 부모님의 적극성 덕에, 독립된 내 방이 있었지만 혼자만의 시간을 가지기는 어려웠다. 프랑스에서는 다행히 나는 요리를 즐겼고, 혼자 사는 동안만큼은 열심히 정리정돈을 했다. 그래서 나만을 바라보며 '독립'할 수 있었다.

3평짜리 기숙사 방에서 파리 근교 비트리시에서 얻은 아파트의 널찍한 방으로, 이어서 4평짜리 파리 시내 옥탑방으로 이사를 하는 8년 동안 나는 나만의 세계를 구축했다.

커다란 유럽 지도를 벽에 붙여 놓고 여행 갔던 곳은 메모지로 표시를 해 놓고, 오렌지를 말려 벽을 장식하기도 했다. 마치 가정집인 양 화분이나 채소 뿌리를 잘라 키우기도 했다. 심심할 때면 뜨개질도 하고, 심지어는 베갯잇을 뜯어 인형을 만들기도 했다. 꼼지락거리는 걸 좋아하는 탓에 진짜 '별짓'을 다 한 것이다.

혼자만의 공간에서 생각도 참 많이 했다. 써야 할 논문 주제는 어떻게 잘 드러낼 수 있을까, 목차는 어떻게 짤까, 공부한 내용을 종합해 나만의 이론은 어떻게 만들어 낼까. 본래의 목적인 학업에 대해서도 수많은 생각으로 시간을 보내기도 했지만, 혼자 살지만 살림을 규모 있게 잘 꾸리고 있는지, 어떻게 하면 한글 학교 우리 반 아이들에게 재미있게 한국어를 가르칠 수 있을지 생각했다. 거래 은행의 무례한 직원에게 뭐라고 하면 분이 풀릴지 머리 속으로 불어 작문을 하기도 했다. 멀리는 내가 원하는 것이 이 길이 맞는지, 맞는다면 그 길을 잘 따라가고 있는지, 또 그 길을 가기 위해

무엇을 해야 할지 등등 생각했다.

그래서 내 방은 8년간의 내 꿈지락과 생각을 품었고, 그래서 내 세계를 잘 보여 주는 지도 같은 것이었다.

부케 말리기

스물아홉 나이에 유학을 떠나오기 전, 친한 친구들이 모두 결혼했다. 그렇게 친구들을 시집보내고, 난 서른을 앞두고 홀로 유학을 떠났다.

프랑스에서는 보통 시청에서 결혼 서약과 증인의 서명으로 10~15분쯤이면 이 간단한 결혼식이 끝났고, 피로연을 저녁 늦게까지 하는 게 일상적이었다. 주변의 프랑스 친구들은 결혼 생각은 없는 보통의 프랑스 사람이었다. 한 번 가 본 시청 결혼식은 사진 찍을 틈도 없이 정신없이 지나갔다.

그런데 파리의 작은 한인 교회에 다니던 그 시절, 나이 지긋한 커플이 결혼식을 교회에서 하고 싶다고 했다. 유학생이 대부분이었던 교회에서는 장식이나 음식뿐 아니라 부케까지 정성으로 준비했고, 결혼식 당일 나는 웨딩마치 반주를 맡았다. 준비한 유학생들이 하객의 전부였고, 교회를 꾸민 장식도 소박했지만, 화려하지 않지만 깔끔한 하얀 드레스를 입은 신부와 멋들어진 신랑은 참 잘 어울려 보였다.

어찌 된 일인지 디자인 전공하는 유학생이 만든 예쁜 부케가 내 차지가 되었다. 부케를 받고 6개월 이내에 결혼해야 한다는 '썰' 때문인지 10여 년이 지난 지금도 나는 여전히 미혼이다.

티브이를 보다가

난 티브이를 참 좋아한다. 프랑스 유학 시절에도 집에 있을 때는 온종일 티브이를 틀어 놓곤 했다. 처음에는 귀라도 터 볼까 틀어 놓은 것이, 나중에는 좋아하는 프로도 생겨 챙겨 보기도 했다. 프랑스 드라마는 재미없었지만 더빙한 미국 시트콤이나 몇몇 프랑스식 예능 프로는 시간 맞춰 본방 사수를 하기도 했다. 다행히 티브이 덕에 귀가 트이기도 했고, 티브이를 보는 시간은 하루 동안의 쌓인 생활 스트레스를 푸는 시간이었다.

〈라 메또드 코에(La Méthode Cauet)〉라는 프로그램은 '코에'라는 대머리 아저씨가 진행하는 토크 쇼였는데, 다 알아듣지는 못해도 제스처나 들리는 단어 몇 개로 재미있게 보는 프로그램이었다.

하루는 이 프로를 보고 있는데 게스트로 베르나르 베르베르가 나온 것이 아닌가! 사실 그의 작품을 읽어 본 건 『개미』가 전부이지만 유명 작가라는 생각에 얼른 스케치북을 꺼내 들었다.

워낙 데생 기본이 없기 때문에, 정지된 그림을 보고 그린다 해도 잘 못 그렸을 텐데, 빠른 화면 진행에 그리기도 힘들었다. 물론 전혀 닮지 않았지만, 그러고 나서는 길에서 우연히 연예인과 마주치듯 티브이에서 봤다는 신기함에 혼자 뿌듯해했다.

Méthode Cauet에
Les Fourmis의 저자
Bernard Werber가 나왔고
젊은데 대머리.
자주 화면이 바뀌어 그리기 어렵다
le 26, avril. 07.

페트병의 변신

유학 시절은, 지금 생각해 봐도 참 가난했다.

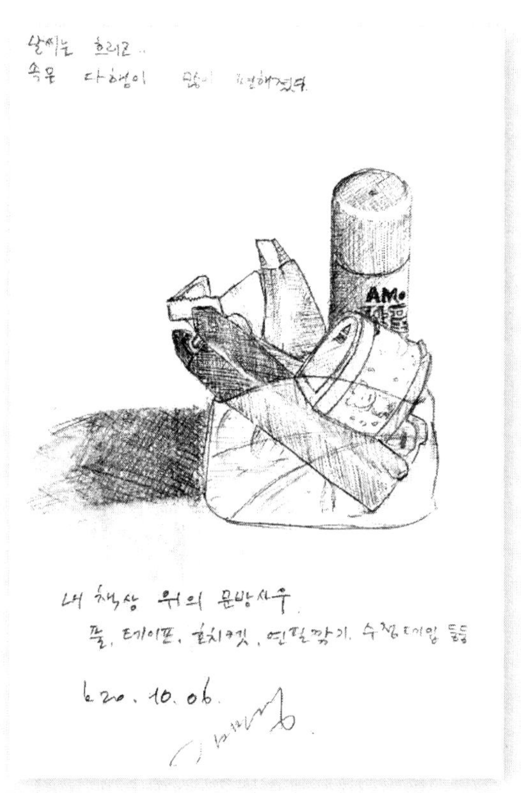

처음에는 혼자 사니까 밥그릇 하나, 국그릇 하나, 한국에서 가져온 수저 세트 하나가 살림살이의 전부였다. 벼룩시장에서 접시를 사기도 했지만, 한국에서 소포로 날아온 즉석 밥을 먹고 나온 플라스틱 용기를 씻어 그릇으로 썼고 유학 초기에 산 라디오 박스, 프린터 박스도 수납 박스로 사용했다.

이렇게 재활용을 하다 보니 단골로 사용한 것이 페트병이었다. 유학 때 친구 중에는 페트병을 모아 티 테이블을 만들겠다고 한 친구도 있었지만-물론 다른 친구들이 놀러 왔다가 다 버려서 꿈을 이루지는 못했다- 난 그런 거창한 것을 만들 생각은 못 하고 페트병을 잘라 자잘한 것이나 수저통도 만들고, 깔때기도 만들었다. 그 여러 가지 페트병 재활용품 중 하나가 필통이었는데 딱풀에 수정 테이프, 스테이플러까지 챙겨 놓은 필통은 1.5L 물통을 잘라 놓은 것이었다.

지금 와서 생각하니 그 시절 알뜰하게 산 게 자랑스러우면서도, 왠지 너무 궁상을 떤 건 아닌가 싶기도 하다. 그래도 그런 만들기는 젊은 유학생일 때나 가능한 것 같고 그렇기에 즐거운 추억으로 남았다.

연필깎이

독립해서 살다 보면 많은 물건을 사게 된다. 물론 같은 처지의 유학생들끼리 얻어 쓰는 것도 많지만, 자잘한 그릇이나 냄비 같은 생활용품, 라디오나 전기 주전자 같은 전자 제품은 내 돈 주고 사야 했다. 시간이 지나면서는 우리 엄마가 그랬듯 저렴하다고 하면 필요와 상관없이 사들이기도 했다. 그렇게 산 원 플러스 원 1유로짜리 우산은 처음 쓴 날 비바람 한 번에 '휘릭' 부러져 버렸다.

학생이었으니 당연히 학용품도 살 일이 많았다. 유학을 떠날 때 학용품 선물을 한 보따리 받았고, 선물 받은 연필 한 다스는 다 쓰지도 못하고 귀국 가방으로 돌아왔지만, 자주 쓰는 공책이나 볼펜은 필요할 때마다 하나씩 사게 되었다. 대형 마트 문구 코너의 문구는 한국 것처럼 귀엽거나 공부하고 싶은 마음이 퐁퐁 솟아나게 생긴 건 아니었지만 가격은 유학생에게 매력적이니 어쩔 수 없지 않은가.

어쨌든 마트에 들렀다가 1유로라는 말에 성급하게 산 연필깎이는 연필을 깎는 것이 아닌 뭉텅이로 잘라 먹어서 망가뜨리는 것이었다. 싼 게 비지떡이라는 말에 딱 어울리는 그런 물건이었다.

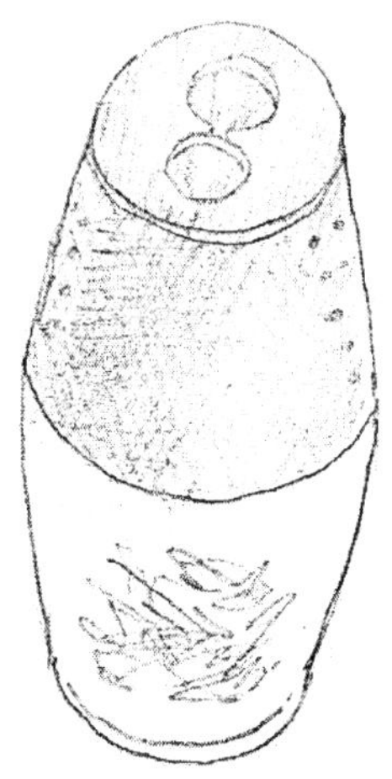

단 1유로에 산 연필깎이
이틀 만에 연필을 망가뜨린다.
le 21. déc. 09

쪼가리 채소 키우기

한국 집에는 늘 화초가 여러 개 있었고 그래서 그런지 기억 속의 집은 푸른 빛이었다. 물론 화초는 부모님의 사랑으로 잘 자란 것이지, 나는 관심조차 두지 않은 채 푸른 집에 익숙해져 있었다.

그런 내가 유학 와서 기숙사가 삭막했는지 한국에서는 생각조차 하지 못한 화초 키우기를 해 보고 싶었다. 하지만 잘 키울 자신도 없는 데다가 화초를 산다는 게 왠지 사치스럽게 느껴졌다.

그래서 선택한 방법은 무 기르기. 무를 사서 밑동은 요리해서 다 먹고, 머리 부분만 물에 담가 키우는, 초등학교 때 하는 그런 식물 키우기 방법이었다. 만약 실패해도 원래 버리려던 것이니 아까울 것도 없을 거라는 생각에 시작했는데, 신기하게도 푸른 잎이 나오기 시작하면서 방 분위기가 조금이나마 싱그러워졌다.

이후에 당근, 파 같은 다른 채소도 잘라서 키워 봤다. 물론 끝까지 잘 자란 녀석은 하나도 없지만, 새순이 나올 때만큼은 신기하고 즐거웠고, 지치기 쉬운 유학 생활에 활력소가 되어 주었다.

한참 이런 채소 쪼가리 키우기에 열을 올릴 때는 파 뿌리도 심어 자라면 잘라 먹고, 무청은 잘라 말리려고까지 했으나 방법을 몰라 실패했다.

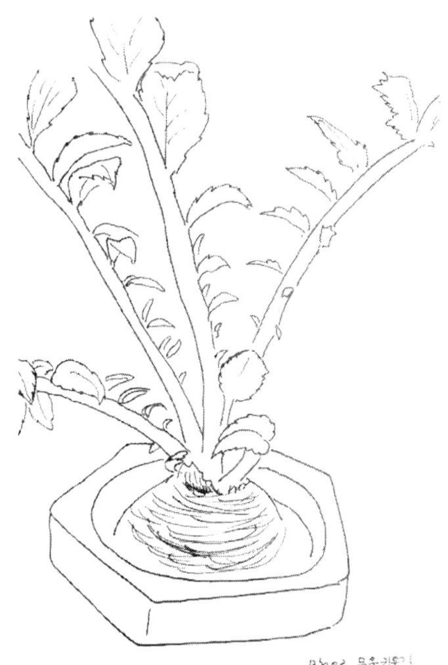

밍키 밍키

프랑스 사람들은 반려동물을 참 많이 키운다. 지금은 한국에서도 개를 안고 다니는 사람을 심심찮게 보지만, 유학하던 시절에 아침마다 개를 산책시키는 이웃의 모습은 유럽 생활의 정석처럼 보였다. 가족으로서 사랑하지만, 사람의 자리까지는 올려놓지 않는 그들의 반려동물에 대한 애정은 꽤 균형이 있는 것 같아 보였다.

동물에 대한 두려움이나 반감이 있는 건 아니었지만 반려동물은 생각조차 해 보지 않았었다. 그런데 비트리 아파트에 살던 시절, 잠시 우리 집에 반려동물이 머물렀다. 같이 살던 동생 한 명이 아르바이트하던 식당에서 키우던 강아지를 잠시 데려온 것이다. 일주일만 키워 보겠다고.

그런데 이 녀석을 돌보겠다고 약속한 동생들은 매일 아침 일찍 외출해서 밤늦게 돌아오고, 어쩔 수 없이 내가 강아지 돌보미가 되었다. 강아지는 아이와 같아서 꽤 손이 많이 갔다. 시간 맞춰 밥도 줘야 하고 산책도 하루에 정해진 횟수대로 시켜야 했다. 그래도 하루 두세 번 산책할 때 프랑스 사람들이 모두 강아지가 귀엽다며 한 마디씩 하는 것에 우쭐해지기도 했다. 하루 이틀 지나자 '밍키'라는 강아지는 낮이면 내가 공부하는 책상 발치에 와서 낮잠을 잤다. 그렇게 정이 든 밍키는 약속한 일주일 후 본래의 주인에게로 돌아갔다.

우여곡절 끝에 귀국하는 건넛방 동생을 따라 한국까지 온 밍키는 작년에 죽었단다. 사진을 볼 때마다 아직 그 아파트에서 "나갈까?"라는 소리에 꼬리를 흔들고 팔짝팔짝 뛰고 있을 것만 같다.

올빼미 유로 동전

유로 동전을 보면 각 나라의 특성이 드러나 있다. 뭐, 유로권 내에서 자유롭게 옮겨 다니겠지만, 프랑스에 있는 동안에는 대부분 프랑스에서 발행된 나무 그림 유로나, 멀지 않은 독일에서 발행된 독수리 유로, 혹은 인물이 새겨진 스페인 유로가 눈에 띄었다. 그건 다른 유로권도 마찬가지라 독일에 가면 독수리가 대다수였고 벨기에에 가면 그 동네 유로가 보였다. 그걸 알아채고는 동전이 생길 때마다 무슨 모양인지 들여다보곤 했었다.

마트에서 물건을 사고 거스름돈을 받은 것인지, 어디선가 받은 1유로짜리 동전에는 올빼미가 커다란 눈을 부라리고 있었다. 1유로라는 글자도 알파벳이 아닌 다른 문자로 쓰여 있어 이건 분명 그리스 같은 먼 유럽에서 왔겠거니 생각했다. 너무 신기해 노트 위에 연필로 탁본 뜨듯이 문질렀는데 잘 보이지 않아, 거친 그림 실력으로 그려 놓았다.

당연하게도 이 동전은 이후에 사용했는지 내 수중에서 사라졌고 다시 이 모양의 동전을 볼 수도 없었다. 그러고 보니, 그땐 왜 다양한 유로를 모아 볼 생각을 못 했을까….

5년 동안 지내면서
처음 본 유로.
une chouette
chouette!

le 24, oct, 07

겁나 피곤함.

처음 보는 신기한 채소

유학을 가기 전에는 내 주변에는 나처럼 인문학을 공부하거나 노래패 동아리에 있는 친구, 그러니까 나와 비슷한 친구들밖에 없었다. 비슷한 생각에 익숙함이 더해져 만남의 깊이는 더해졌지만 일상의 지루함이 찾아왔다.

그러다가 유학을 가서 그림 그리는 친구, 클래식 음악을 하는 친구, 미용하는 친구, 옷 만드는 친구, 심지어 영화 찍는 친구도 생겼다. 프랑스 친구 중에는 신문 가판대에서 신문 파는 친구도 있었고, 공무원도 있었다. 다 친한 건 아니었지만 내 주변의 폭이 넓어진 것이다. '낯섦'을 용감하게 뛰어넘어 만난 '다름'은 의외로 불편하지 않았고 오히려 내 삶에 재미를 더했다.

먹거리도 마찬가지라 늘 먹던 것만 먹다가 새로운 것들을 하나 둘 맛보게 되었다. 일단 시도해 보고 내 취향이 아니면 안 먹으면 되는 것이고, 시도하는 것만으로도 내 경험은 넓어지는 것이니 손해 볼 것은 없다고 생각했다. 그렇게 생전 처음으로 이런저런 것을 맛보며 미지의 세계에 대한 두려움이 조금씩 사라졌다.

시장에 가면 양파 비슷하게 생긴 채소가 있었다. 이름도 모르고 해 먹는 방법도 몰라서 신기해하기만 하다가 요리하는 친구에게 이름은 프누이(fenouil)라고 하며, 양파, 버섯과 볶아 먹으면 고기와 잘 어울린다는 사실을 배웠다.

아, 지체하지 않고 사서 그 진한 향기에 한 개를 꽤 오랫동안 먹었지만, 한국에서는 펜넬이라고 부르는 그 채소가 가끔은 생각난다.

낡은 창문

불어로는 샹브르드본(chamber de bonne)이라고 하는 하녀 방, 파리 시내에 입성해서 내가 처음 살던 옥탑방은 지어진 지 한 백 년은 된 것 같은 건물의 꼭대기였다. 빛바랜 나무 계단은 좁고 삐걱거렸고, 덧창도 낡아 여닫을 때마다 삐걱거리며 움직이길 거부했다. 낡은 나무 창문은 바스러지기 시작하여 바닥에 하얀 나무 가루를 흩뿌렸고, 문틈으로는 바람이 살랑살랑 들어와 커튼을 흔들었다.

한국에서 가져온 문풍지를 문틈에 발라 놓아도 바람은 늘 새어 들었다. 폭풍우가 몰아치면 창문 틈으로 비라도 새어 들까 걱정되기까지 했으니까. 창밖으로 보이는 이웃집 옥탑방도 그렇고, 바람이 새는 것도 그렇고, 참 우울한 시작이었다. 그래서인지 이유 없는 우울함에 혼자 울기도 많이 울었다.

그래도 낡은 나무 창문은 꽤 운치 있는 모양새였는데, 하얀색 격자무늬가 생각하기에 따라 로맨틱해 보이기도 했다. 날씨가 화창한 날도 좋았지만 이 낡은 창문은 비가 오는 때에는 파리의 우중충한 하늘도 분위기 있게 만들었다.

그래서인지 그때 그 창으로 바라보던 잿빛 파리 하늘이 가끔 생각나고 그립다.

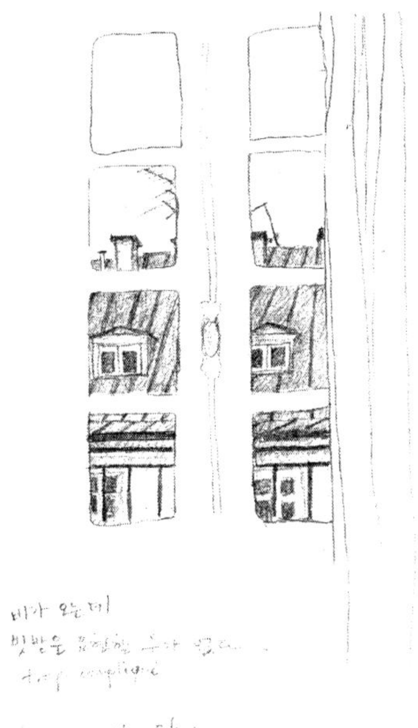

프랑스의 겨울

프랑스의 겨울은 한국처럼 살을 에는 추위는 아니지만 습기를 머금어 뼛속까지 스며드는 추위이다. 겨우내 우중충한 하늘에 비는 추적추적 내려 쫄쫄이 내복 없이 지내기는 쉽지 않았다.

게다가 난방은 뜨끈한 방바닥이 있는 것도 아니고 라디에이터로 공기를 데우는 방식이라 집 안이라 하더라도 추위를 많이 타는 나는 두꺼운 카디건까지 챙겨 입어야 했다. 그나마 우리 집은 월세에 난방비가 포함되어 있었는데, 개인이 난방비를 내야 하는 경우에는 난방비 폭탄을 막기 위해 오히려 집에 들어가면서 장갑을 낀다고 하소연하는 친구도 있었다.

추운 날 아침은 한국에서 보내 준 누룽지를 끓여 먹었다. 뜨거운 물에 불린 누룽지를 커다란 컵에 반쯤 채워 쌀쌀한 방에서 이불을 뒤집어쓰고 먹으면 한국에 있는 가족이 불현듯 생각났다.

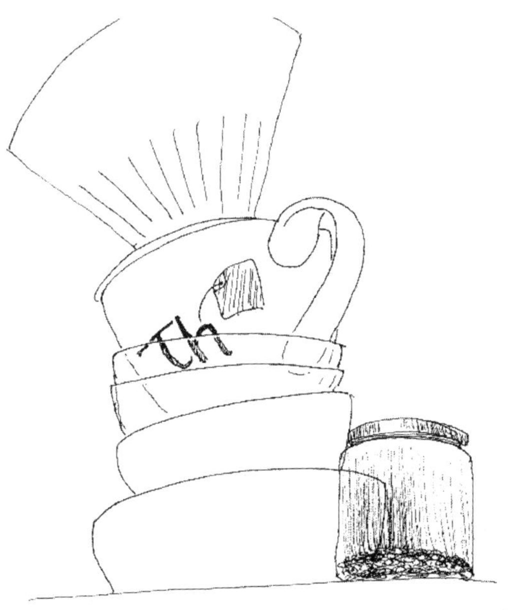

évier 위의 선반.
쌓아올린 밥그릇과 누룽지가 담긴 병.
6. 22. mai. 07.
orage가 계속 된다.
추워~.

갑자기 생각이 났는데, 아침에 누룽지에 끓인 물을 부어 먹다가 이가 부러진 적이 있다. 어찌할 바를 몰라 한국에 들어오기까지 수개월간 영구처럼 이가 없는 채로 살았다.

내 동생

잘나가는 대기업에 다니던 동생이 사표를 던지고 세계 일주를 떠났다. 지금은 한 가정을 꾸리고 직장 생활을 하며 삶을 즐기고 있지만 그 당시에는 그렇지 않았던 모양이다. 타지에서 홀로 직장 생활을 하면서 마음고생, 몸 고생을 많이 했다고 들었기에, 멀리서나마 그의 여행에 응원을 보냈다. 동생은 아메리카 대륙을 지나 유럽으로 건너왔고, 모로코와 스페인을 거쳐 누나가 있는 파리에 노곤한 몸을 끌고 쉬러 왔다.

살이 훅 빠져 버린 모습을 보고는 마중 나간 공항에서 나는 눈물이 터져 버렸다. 표정은 밝았지만 많이 힘들었구나 싶어서였다. 뜨끈한 집밥을 해 주고 이 얘기, 저 얘기에 밤새는 줄 몰랐는데, 동생은 긴장이 풀렸는지 몸살이 났다. 며칠을 끙끙 앓고는 머리를 잘라 달란다.

남자 머리를 어떻게 자르는지 설명하며 동생은 뒤통수에 층만 안 생기면 된다고 했다. 신문지를 깔아 놓고 난생처음 문구용 가위로 조심조심 잘랐는데, 쥐 파먹은 듯, 뒤통수에 층이 생기고 말았다. 다음 날 만난 동네 친구가 속삭이며 말했다. "왜 이랬어요?" 동생이 못 들어서 정말 다행이었다.

책 더미

지금은 석사와 통합되어 없어진 과정인 DEA(박사 준비 과정) 논문이 거의 막바지에 이르렀을 때였다. 고딕 조각과 한국 조각을 비교하는 논문이었는데, 두 문화를 비교하다 보니 공부해야 할 양이 어마어마했다.

공부할 때는 책을 쌓아 놓고 필요한 자료를 바로바로 꺼내서 쓰는 것이 습관인지라, 책상 한쪽은 늘 종이와 여러 책이 쌓여 있었다. 방이 작으니 당연히 책상도 작았고, 거기에 쌓여 있는 책들로 인해 공부할 장소는 더 좁아졌다. 그래도 집중해서 공부할 수 있는 분위기였고, 집에 있는 시간 대부분은 책상에 앉아 있었다.

새로운 것을 알아가는 게 즐거워 시작한 공부였고 그때는 쉬는 시간도 늘 전공 관련 생각, 논문 생각을 했었다. 몇 년 동안 이 생활이 계속되자, 정말 쌓아 놓은 책만 봐도 울렁거릴 정도였고 알파벳은 과자 봉지도 읽기도 싫었다. 그러다가 마침내 '나는 공부에 재능이 없어.'라는 생각에 이르렀다.

공부하지 않아도 되는 지금은 다시 공부하고 싶고, 공부하던 그 시절이 그립기만 하다. 그리고 우습게도 다시 '나는 공부가 가장 잘 어울려.'라는 결론에 이르렀다. 원래 과거는 다 아름답게 보이는 법인가 보다.

06.04.07
책상에 쌓인 종이더미
할일도 산재해 있다.
내일은 약타먹어야지

또 수두?

프랑스 생활이 1년 정도 지난 시점에 온몸에 수종이 올라오는 병을 앓았다. 처음 간 병원에서는 "울라라, 이게 뭐야?"라는 질문을 받았고, 두 번째로 간 병원에서는 어릴 때 이미 앓은 수두라는 진단을 받았다. 이렇게 죽는 건가 두려움에 떨던 나는 여러 친구의 도움으로 밥도 먹고 보살핌을 받은 지 일주일 만에 병이 호전되었다.

그러고 나서 7년이 지나 프랑스를 떠나기로 결심한 때에 같은 병이 다시 찾아왔다. 처음보다 능숙해진 불어로 병원 예약도 하고 7년 전 상황까지 설명을 하면서 "이게 수두라면 난 수두를 세 번째 앓는 거다."라고 했는데 의사의 답은 같았다. "이상하지만 증상은 수두" 란다.

다시 8년이 지난 지금도 가끔 그 얘기를 하는데, "면역력 결핍이나 대상포진 아니었나."라는 말과 함께 "적어도 수두는 아니다."라는 지인들-의사는 아니다-의 얘기를 듣는다.

그게 뭐였던, 난 두 번이나 앓은 그 병으로 인해 프랑스 의사들을 신뢰할 수 없게 됐고, 한편으로는 그 의사들보다 더 귀한 사람들이 주변에 있음을 깨달았다.

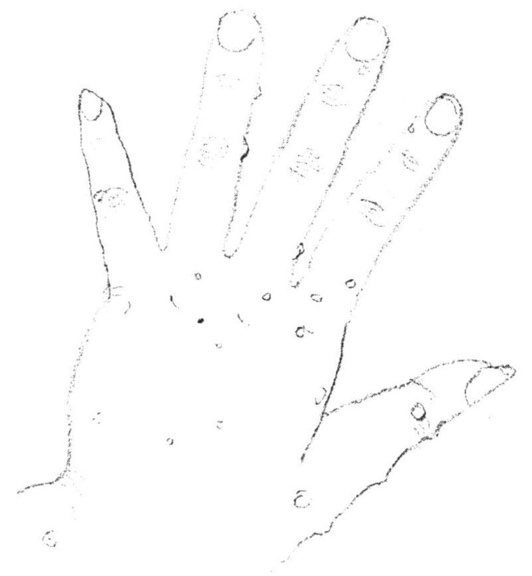

방을 벗어나

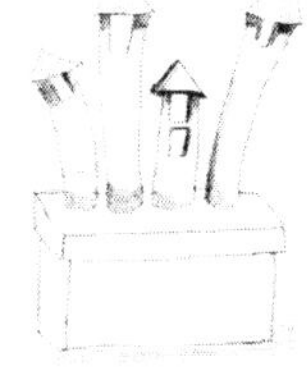

나는 집순이다. 집에 있는 것을 좋아하는 데다가 혼자 잘 놀아서, 온종일 혼자 집 안에 있어도 심심한 줄도 모르고 하루가 지난다. 손을 꼼지락거려 이것저것 만들며 집에서 시간을 보내는 것이 소소한 즐거움이다.

하지만, 누구나 그렇듯 내 속에는 또 다른 내가 있는데, '호기심이 넘치는 나'다. 관찰력이 뛰어난 것은 아니어서 길을 잘 찾지도 못하고 겁도 많지만, 호기심도 넘친다. 그래서 관심이 가는 것 중 안전하다고 생각되고 혼자 할 수 있는 것은 조심스레 이것저것 시도해 보기도 한다. 집에 돌아갈 때도 항상 가는 길이 아닌 새로운 길로 돌아서 가 보기도 하고, 파리에 살 때는 지나가다가 건물에 붙은 장식에도 눈길이 가면 걸음을 멈추고 한참을 쳐다보곤 했다.

수년간 홀로 살았던 옥탑방은 초창기부터 왜 그런지 몰라도 혼자 오래 있으면 우울해졌고, 사실 오랜 시간 머물러 있기에는 네 평 원룸이 좁기도 했다. 그래서 하루에 한 번은 꼭 나가야 그 우울함을 조금이나마 없앨 수 있었다.

친구가 언제 놀러 오라고 하면, 참 순진하게도 그 말을 믿고 곧잘 놀러 가고, 그런 일이 없을 때도 동네의 가 보지 못한 골목을 돌아 돌아 산책했다. 조금만 더 걸어가면 불로뉴 숲이 나오기도 했지만 다른 쪽은 오일장이 서는 광장도 있고 광장을 지나가면 책에서나 봤던 20세기 초 아르누보 건물이 즐비했다. 윗동네 쪽으로 걸어가면 좁은 골목길 가득히 볼거리가 많았다. 풍경이 바뀌지 않는 오래된 도시임에도 내게는 늘 새로웠고 그래서 더욱더 즐거운 풍경이었다.

멀리 벗어나지 않더라도 방 밖의 세상은 내 속에 있는 커다란 호기심을 조금이나마 해소할 수 있는 구멍이자, 나만의 세상에 바깥 바람을 불게 하는 환기창이었다.

이상과 현실

우중충한 프랑스 북부 공업 도시 릴에 살다가 파리, 엄밀히 말하면 파리 외곽 비트리(Vitry-sur-Seine)시로 이사 왔다. 파리의 남쪽 끝에서 버스를 타고 10분이면 오는 가까운 지역이었지만 사뭇 시골스러운 느낌이 났다. 아파트 4층 내 방에서 바라보는 비트리는 참 예뻤다. 주택과 나무가 빨간 지붕과 초록 잎이 어우러져, '살고 싶은 동네다.' 싶었다.

꽃이 피면 꽃이 피는 대로, 단풍이 지면 단풍이 지는 대로, 눈이 오면 눈이 오는 대로 참 예뻤기에 어떤 동네일지 궁금했다. 그래서 어느 햇살 좋은 가을날 혼자 동네 탐방에 나섰다.

한 시간 남짓 동네를 돌아다니며, 때로는 멀리서 바라보는 것이 예쁘다는 걸 배웠다. 가까이에서 보는 동네는 그냥 사람 사는 동네였다. 담장 높은 부잣집도 있지만 무궁화가 흐드러지게 피어 있는 낮은 담장도 있는, 어릴 적 살던 동네가 생각나는 곳. 예쁘지도 않고, 화려하지도 않았다. 사람 사는 일상의 냄새가 진하게 풍겨 나는 그저 개가 짖고 닭이 우는 시골 마을 같은 곳이었다.

비둘기 둥지

비트리 아파트는 내가 난생처음 살아 보는 아파트였다. 유별난 사람들과 이웃하긴 했지만, 같이 사는 친구들과 함께한 첫 아파트 생활은 즐거웠다.

부엌 창에서 내려다보면 아파트 밖의 세상은 물론이고 아파트의 이웃집도 보였다. 시끄러운 참견쟁이 옆집 아줌마를 창문에서 마주칠 일은 없었지만 그래도 조심조심 창밖을 내다보곤 했다. 대개는 창틀에 빨간 제라늄 화분을 걸어 놓고 키웠는데, 옆집의 아랫집은 덧창이 항상 내려져 있었고 창밖에 걸려 있는 화분은 화초가 다 죽고 지푸라기 같은 것만 있는 빈 화분이었다.

어느 날 그 빈 화분에 비둘기가 알을 낳았다. 지푸라기나 깃털로 둥지를 만들어 알을 여러 개 낳고는 품었다. 덧창이 내려져 있으니 안에서는 바깥에서 어떤 일이 일어나는지 알 길이 없었을 테고, 비둘기의 알은 부화하여 새끼가 되고, 다 자라 엄마와 함께 날아갔다.

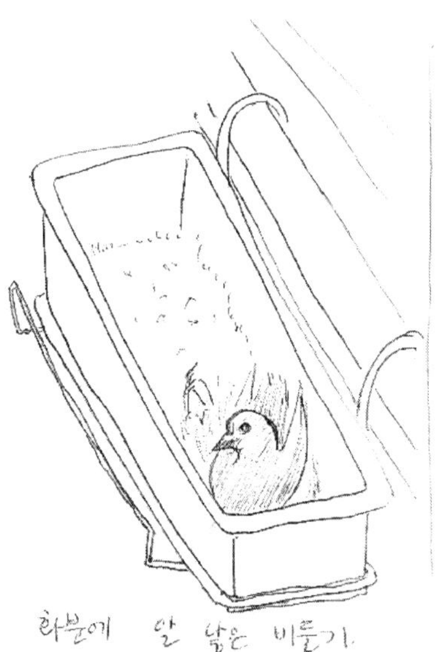
화분에 알 낳은 비둘기.

그 후에 엄마 비둘기는 한 번 더 그 자리에 알을 낳았지만, 이번엔 운이 안 좋았다. 어느 날 덧창이 올라가더니 화분은 비워졌고, 그 이후로 비둘기가 알 품는 모습을 볼 일은 없었다.

공동묘지를 지나며

비트리 아파트는 7호선 포르트드슈와지(Porte de Choisy)역에서 버스를 타고 몇 정거장을 들어가야 하는 곳이었다. 집이 조금 떨어진 외곽에 있어서 파리 시내용 정액권으로 가려면 표 한 장을 더 지불해야 했다. 함께 모여 살던 친구들과 나는 걸릴 위험을 무릅쓰고 버스로 집 앞까지 가든지, 정액권이 허용하는 끝까지 가서 내려서 걸어가든지 선택해야 했다.

그 길목에 공동묘지가 있었다. 처음에는 공동묘지인 줄도 모르고 덕수궁 돌담길 같다느니, 정말 낭만적인 돌담이라느니 우리끼리 수다 떨며 산책하곤 했는데, 한참이 지나서야 담 너머가 공동묘지인 걸 알고 등골이 오싹해졌다.

하지만 그것도 잠깐, 여름이면 공동묘지 담 너머에 줄지어 서 있는 큰 나무가 바람에 흔들리는 소리는 상쾌했고, 가을이면 낙엽으로 덮인 돌담길이 여전히 낭만적이었다.

Ivry 공동묘지

파리 시내로 이사하고, 또다시 서울로 터전을 옮기면서 잊고 살았는데, 가끔 공동묘지의 키 큰 나무에서 나던 바람 소리가 귓가에 들리는 것 같다. 그리고 여름날 그 돌담길 옆으로 50상팀짜리 맥도날드 아이스크림을 입에 물고 슬리퍼 끌며 집으로 돌아가던 젊은 유학생들이 보이는 듯하다.

장보기

유학 생활의 시작은 내 살림의 시작이었다. 혼자서 모든 집안일, 이를테면 청소, 요리, 빨래 같은 일을 엄마가 아닌 내가 해야 하는 상황이 된 것이다. 처음에는 모든 게 서툴렀고, 엄마의 솜씨를 기억해 가며 그곳의 상황에 맞게 적용하느라 애먹었다. 그러다가 어느덧 나는 살림에 취미가 생겼다.

장보기는 꽤 즐거운 집안일 중 하나였는데, 보통은 동네 슈퍼마켓에 가서 장을 봤다. 다행히 집 근처에는 큰 슈퍼마켓이 두세 곳이 있었고 상설 시장도 옆 골목에 있어 질 좋은 채소나 커피 같은 것을 저렴하게 살 수 있었다. 하지만 쉽게 구할 수 없는 한국 재료를 사려면 한국 마트나 중국 마트에 가야 했다. 비트리에 살던 시절에는 버스로 한 정거장 거리에 대형 중국 마트, '탕프레르(Tang Frère)'가 있었다. 그곳에 가면 배추나 숙주 같은 채소뿐 아니라 라면, 말린 채소와 고기, 생선 등 웬만한 재료는 다 있었다.

파리로 이사하고 나서는 일주일에 한 번 정도 강 건너에 있는 한국 마트에 가서 여러 가지 한국 요리 재료나 인스턴트 된장국 같은 것을 사 오곤 했는데, 돌아오는 길에 초코파이를 까먹는 재미도 쏠쏠했다.

한국에 돌아오면서 부모님 집으로 다시 들어오는 바람에 이제는 굳이 내가 장을 보지 않아도 되지만 가끔 마트에 가면 프랑스 슈퍼마켓에서 보던 수백 종류 치즈의 쿰쿰한 냄새와 냉장고 가득한 다양한 디저트가 그립다. 아니, 자유롭게 장보는 시간을 즐기던 그 시절이 그립다.

우리 집 굴뚝

파리에 살다 보니, 아니, 옥탑방에 살다 보니 굴뚝이 눈에 잘 들어왔다. 우리 집은 중정(中庭)을 두고 붙어 있는 두 건물 꼭대기 구석이었는데, 집으로 가려면 꼭대기 층에서 외부 난간을 통해 옆 건물로 가는 구조로 되어 있었다. 그래서 조금만 주의를 기울이면 이웃 건물의 굴뚝을 보기는 쉬웠다.

굴뚝은 모양이 다양했다. 높낮이를 달리해서 반듯하게 올라간 것도 있지만 옆으로 기울여 삐뚤빼뚤한 것도 있었다. 똑같은 것이 하나도 없는 개성 만점의 굴뚝들이었다. 가끔 왜 그렇게 만든 것인지 궁금할 때도 있었지만 어디 물어볼 데도 없었고 그냥 개성 있는 굴뚝으로 기억하는 수밖에 없었다.

그게 신기해서인지 간혹 굴뚝을 그리곤 했는데, 이 굴뚝을 그리던 날은 아직도 생각이 난다. 쌀쌀한 날, 아슬아슬 난간에 기대어 차가워지는 손으로 얼른 스케치하고 집으로 들어간 그날. 굴뚝과 어울리는 잿빛 하늘과 등에 느껴지던 썰렁한 한기, 하찮고 작다고 생각되는 것도 틈틈이 스케치하던 주변의 화가 친구들처럼 내가 화가가 된 듯한 기분도 피부에 와닿듯 선명하다.

le.18. jan. 07

우리집 들어오는 길목에 보이는 이웃집 지붕.
굴뚝이 삐뚤빼뚤 재미있다.

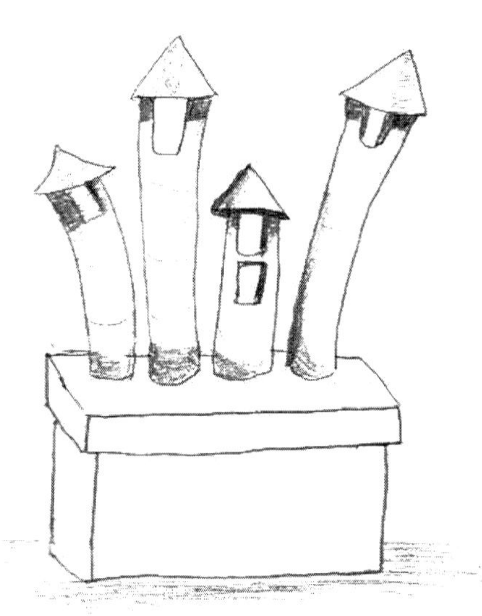

비가 오고 바람은
불지만 주춘처럼
우울하지 않다
Tout va bien

비라켐 다리에서의 산책

파리에 살던 시절, 에펠 탑까지의 산책은 내가 파리를 누리는 방식 중 하나였다. 보통은 천천히 걸어서 파시(Passy)역에 와서는 지하철 6호선이 위로 지나가는 비라켐 다리를 중간쯤 건너갔다가 돌아오거나 아니면 다리를 건너 에펠 탑 앞까지 걸어가거나 둘 중 하나였다.

철제 아케이드가 아름다운 비라켐 다리는 그 자체로도 멋진 산책 코스였다. 그래서인지 비라켐 다리 중간쯤 꼬리가 바짝 올라간 조금은 우스꽝스러운 기사상 옆에 가만히 서서 에펠 탑을 바라보는 건 늘 멋진 일이었다. 그리고 에펠 탑 조명이 시간 맞춰 반짝이는 것을 보는 것은 내가 가장 좋아하는 산책 코스이기도 했다.

에펠 탑과 상관없이 더 걷고 싶으면 다리 중간에 있는 백조섬(allée des cygnes)을 따라 걷기도 했는데, 해 질 무렵은 늘 낭만적이었다. 섬 끝에 있는 자유의 여신상까지는 걸어가지 않았지만 천천히 동행과 얘기를 나누며 걷는 것은 잔잔한 기쁨이었다.

영화에도 나왔다고는 하던데, 내가 처음 비라켐 다리를 화면으로 본 것은 몇 년 전 유명 기업의 광고 배경으로 나온 것이었다. 그때 나는 그리움과 반가움에 외마디를 외쳤다. 그 시절의 추억은 그렇게 가까이에 있었다.

아프고 난 다음 날

혼자 살면서 가장 서러울 때는 돌봐 주는 사람 없이 홀로 아플 때이다. 외국에 살면서 완벽하지도 않은 언어로 병원 예약이며 장보기 같은 집안일까지 모두 혼자 하려니 더더욱 서러웠다. 저질 체력과 잔병치레가 잦은 나는 이 서러울 때를 자주 겪을 수밖에 없었다.

그해 겨울 감기는 참 독했다. 비 오는 날 혼자 여행을 다녀온 여파로 자리를 보전하고 누워 며칠을 앓고 나서야 바깥 공기를 쐴 용기가 생겼다. 일어날 만하게 되자, 방 안에 가득 찬 감기 바이러스에서 벗어나고 싶은 생각에 오랜만에 산책을 나왔다. 뺨에 닿는 차가운 바깥 공기는 오히려 상쾌하게 느껴졌다. 에펠 탑으로 가는 산책 길에 몸은 힘들어도 머리는 말갛게 개었다.

한참을 걸어가 센강 변에 이르는 계단이 보였다. 늘 보던 풍경인데도 그날은 너무나도 아름다워 보였다. 모든 세상이 아름다워 보이던 아프고 난 다음 날.

fév. 2007
Passy. Paris

녹차 빙수

파리의 여름은 무더운 날이 있긴 하지만 그늘에 들어가면 시원한 그런 날씨였다. 여름이 되면 집 앞 카페는 나무 그늘과 분수가 있는 작은 광장에까지 테이블을 놓았다. 더위에도 에스프레소나 시원한 맥주 한잔을 놓고 여유를 즐기는 사람들이 테이블을 차지하고 있었다.

그저 그런 더위도 잊게 할 시원한 먹거리로 맥주나 아이스크림이 고작인 프랑스에서 빙수를 맛보게 됐다. 일본 빵집에서 파는 녹차 빙수! 녹차 얼음을 갈아 그 위에 연유와 단팥을 얹어 주는, 우리나라 빙수와는 조금 다른 일본식 빙수였다. 작은 떡이나 젤리 같은 것은 구경할 수 없는 단순한 빙수였지만 머리가 지끈거릴 정도로 시원한 얼음 맛에 아주 무덥다 싶은 날이면 친구들과 먹으러 갔다.

한 가지 이해할 수 없는 점은, 빙수가 여름 메뉴임에도 불구하고 이 제과점은 8월 한 달 휴가를 떠난다는 것이다. 그 덕에 일 년에 한 번 먹기도 힘든 여름 디저트였다.

8월의 파리는 그야말로 관광객의 도시이다. 모두가 바캉스를 떠나고 남은 자리에 바캉스를 갈 수 없는 파리지앵과 외국인만 남아 있다.

지붕 아래 열기

여름의 옥탑방은 파리라고 해도 아주 덥다. 파리의 태양을 그대로 방으로 안아 버리기에 더위를 어찌 못해 방문과 창문을 모두 열어 놓고 지내곤 했는데, 그래도 방 안은 참 더웠다.

한국이라면 "이 정도쯤이야."라고 했을 27도에 방문을 박차고 나와 앉았다. 지금 보니 전혀 이해되지 않는 부분은 이 더위에 햇빛 피할 곳도 없이 내리쬐는 작은 발코니에 나와 앉았다는 사실이다. 더위는 핑계고, 그저 여유를 부리며 눈에 보이는 건물을 그리고 싶었던 건 아닌지, 혹은 그런 식으로 파리의 예술가 놀이를 해 보고 싶었던 건 아닌지….

더운 여름밤이면 열어 놓은 창문으로 불로뉴 숲에서 거대한 벌레가 들어와 곤욕을 치르곤 했던 기억이 문득 떠오른다. 또 낮에는 찌는 듯 덥다가 밤만 되면 쏟아지던 소나기에 허겁지겁 창문을 닫던 기억도.

아찔했던 순간도, 짜증 나던 순간도 지금은 즐거운 마음으로 추억하게 되었지만 말이다.

날짜를 보니 4월이다. 파리의 날씨는 변덕스럽기 짝이 없었다. 20여 년 전 처음 유럽 여행을 하던 때도, 10년 전 파리에 살 때도.

소매치기

처음이었다, 눈앞에서 내 가방이 사라지는 소매치기는. 책과 카메라는 물론이고 지갑과 휴대 전화, 집 열쇠까지 몽땅 사라졌다. 파리 북쪽 운하가 있는 동네로 초대받아 갔다가 당한 것이다. 소리 지르며 쫓아가 봤자 이미 소매치기들은 사라지고 없었다.

경찰서에서 진술서를 쓰고 친구 집에서 하루 신세를 지고 다음 날 늦은 오후가 되어서야 방에 들어오니 부모님에게서 메일이 와 있었다. 바캉스 철이라 동네 열쇠공도 휴가 가고 없어 간신히 찾은 한국 열쇠공을 불러 문을 딴지라 나는 너무 지쳐 있었다. 그래서인지 상심하지 말라고 보내신 메일에 설움에 북받쳐 철들고는 처음으로 큰 소리로 울었다. 홀로 앉은 옥탑방에서는 아무도 내 울음소리를 듣지 못하기에 더욱 서글프게 울었다.

여름날 저녁 하늘은 여전히 빛이 남아 있는 검푸른 색이었고, 그날 내 마음은 하늘보다 더 어두운 색이었다.

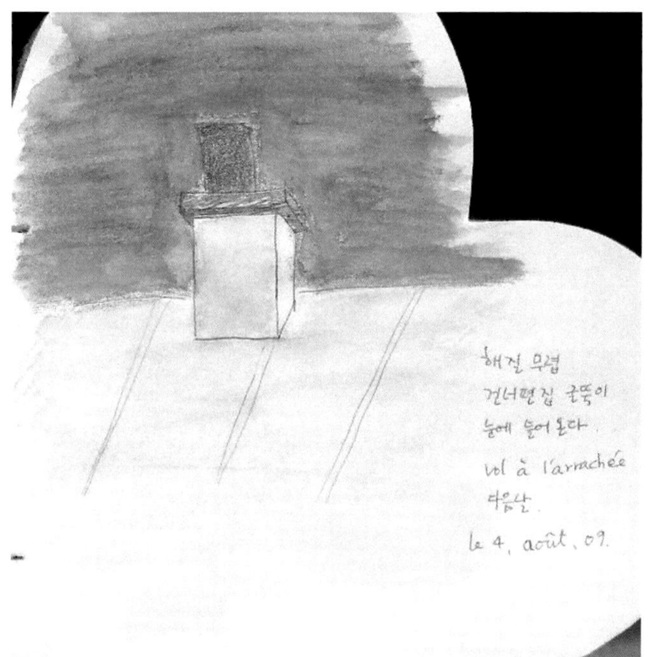

다행히 한 사람이 버려진 내 가방과 지갑을 주워 수첩에 적힌 메일로 연락을 해 왔고, 현금화가 가능한 동전 지갑과 휴대 전화, 카메라만 사라지고 나머지는 체류증과 신용카드까지도 다시 돌아왔다.

소매치기당했을 때, 그때의 나처럼 쫓아가면 안 된단다. 혹시라도 해코지를 당할 수가 있으니 그냥 경찰에 신고해야 한다. 물론 경찰에 신고해도 다시 물건을 찾는다는 보장은 없다.
아름다운 파리에서 소매치기는 일상이다. 일단 내 몸에서 떨어진 것은 내 것이 아닌 것으로 생각해야 한단다. 테이블에 놓인 휴대 전화나 옆자리에 둔 가방도 어느 순간 사라져 있을 수 있다.

레베이용

프랑스에서는 크리스마스 전날이나 새해 전날을 '레베이용(réveillon)'이라고 부른다. 그들에게는 크리스마스가 명절인 까닭에 교회가 아니면 참 쓸쓸했을 날이었고-실제로 친구와 둘이 쓸쓸히 테이크아웃 음식을 사다 먹은 크리스마스이브도 있다- 새해 전날은 축제의 날이라서 밖이 시끄러운 날이었다.

신년 레베이용은 친구의 벨기에 친구 집에서, 또 독일의 친한 언니 집에서 보내기도 했는데, 그보다 더 인상적인 레베이용은 프랑스를 떠난 해를 맞이하던 날이었다. 그날이 레베이용임을 잊고 친구네 집에서 놀다가 집으로 돌아오려고 지하철역으로 갔는데 1분에 한 대씩 오는 지하철이 모두 만차였다. 반자동인 지하철 문이 열리고 술에 취한 젊은이들이 모두 한목소리로 "타, 타."라고 나를 불렀다. 아, 그 광기 어린 외침은 재미나면서도 공포스러웠다.

지하철을 한 열 대쯤 보내고 나니 밤 11시가 넘어섰고 집에 못 가게 될까 봐 두려워 어떻게든 지하철을 타야 했다. 간신히 탄 지하철에서 모두가 만취 상태로 시끄럽게 떠들어 대고 있었다. 내 뒤에 서 있던 한 남자애도 마찬가지였는데, 내 앞에 서 있던 외국인에게 어눌한 영어로 한참을 시끄럽게 떠들었다. 중간에 끼어 이러지도 저러지도 못하던 그때, 그가 갑자기 조용해지더니 살며시 내 등을 밀었다. 아이, 짜증 나게 왜 이래?

그렇게 번잡스럽던 사람들이 에펠 탑 앞 역에서 모두 내렸고, 지하철이 한산해지자 건너편에 앉아 있던 한 흑인 아줌마가 큰 소리로 내게 말했다.

"네 옷에 뭐가 묻었어."

앗, 내 뒤에 있던 그 녀석이 구토했는데 그게 내 옷 뒤에 튄 것이다. 그가 내 등을 밀었던 이유가 그것이었다.

지하철에서 내려서 나는 인적이 드문 길로 뛰었다. 얼른 집에 가서 옷에 묻은 남의 토사물을 빨아 버리고 싶었다. 12시가 되었는지 등 뒤의 에펠 탑에서는 폭죽 소리와 환호성이 들려왔지만, 나는 뒤를 볼 겨를이 없었다. 그 해, 나의 새해는 그렇게 지저분한 해프닝으로 시작되었다.

멀리 에펠탑에도
뒤돌아 뛰어야 했던 그 길, 그날.

파리에서

파리에서의 삶은 내 인생에 있어 가장 빛나는 때이기도, 가장 나락에 떨어졌던 때이기도 하다. 내 삶에서 문화생활을 가장 많이 누린 때이기도 하지만, 가장 가난했던 때이기도 하다.

여행 같은 파리 생활이 일상이 되자, 하루하루가 재미나거나 신기한 것도 아니었고 그냥 그렇게 지나가는 나날이었지만, 나는 참 감사했다. 저녁 일정을 마치고 버스로 루브르 피라미드 옆을 지나 집으로 가거나 시간마다 빛나는 에펠 탑을 보러 밤 산책을 나올 때, 지하철역에서 종종 들려오던 이름 모를 예술가의 작은 공연에 감동했던 일이나 라디오 프랑스에서 하던 공짜 공연을 보려고 줄 섰던 일 같은 관광지와 같은 삶뿐 아니라, 마트에서 생선을 살 때, 동네 오일장에서 과일을 고를 때, 여름이면 돗자리와 책을 들고 갔던 불로뉴 숲의 작은 섬, 매일 출근 도장 찍듯 드나들던 도서관도 내게는 감사할 것들이었다.

물론 교수가 정년퇴직하면서 오갈 데가 없어져 결국은 한국으로 돌아와야 했던 좌절의 때도 있었고 그 와중에 가방을 통째로 빼앗

긴 소매치기 사건 같은 악몽의 순간도 있었다. 그때마다 깊은 낙심에 빠졌지만 나는 선택의 여지 없이 일어나야 했고, 그 힘든 순간들도 어느 때부터인가 재미난, 머리에 진하게 새겨진 추억으로 바뀌었다.

일요일마다 일본식 라멘을 먹으러 친구들과 걸어갔던 오페라 구역, 휴강임을 못 알아듣고 학교에 갔다가 좌절하며 지나갔던 가을날 팔레루아얄, 친구의 퇴근을 기다리던 어스름한 저녁의 마레의 골목….

수많은 파리에서의 추억과 함께 한국으로 돌아왔고, 그렇게도 돌아다녔던 파리 시내의 숨겨진 보석 같은 장소들이 그곳의 기억들로 인해 그립기만 하다. 다시 파리로 돌아간다고 하더라도 다시 있지 않을 그때의 그 사람들도, 그때의 그 분위기도.

카페에서 카페

한국으로 돌아와서 가장 아쉬운 것은 거기에 두고 온 친구도 있겠고, 집 근처에서 반짝이던 에펠 탑도 있겠지만, 뭐니 뭐니 해도 프랑스에서만 맛볼 수 있는 음식이다. 아침 이른 시간 갓 구워 낸 바게트도 그렇고 다양한 치즈나 햄도 그립다.

특히 불어로 커피는 '카페'라고 하는데, 파리의 동네 작은 카페에서 마신 카페-에스프레소가 한국 어느 곳에서 맛본 커피보다 더 향긋하고 맛나다고 느꼈다. 작은 잔에 진하게 내린 에스프레소! 지금 생각해 보면 커피의 맛이나 향뿐 아니라 분위기도 한몫한 것 같다. 카페 바깥 테라스에 둔 의자에 잠깐 앉아 '카페'나 '카페 누아제트' 같은 걸 마시며 여유를 부리면 1유로짜리 커피마저도 분위기 있게 느껴졌다. 심지어 바쁠 때 바에 서서 후딱 마시는 싼 커피도 나름 유럽 분위기가 나는 것 같았다.

이제는 그런 분위기를 느끼며 커피 한잔하기에는 분위기가 안 사는 건지, 아니면 내가 너무 팍팍하게 변한 건지….

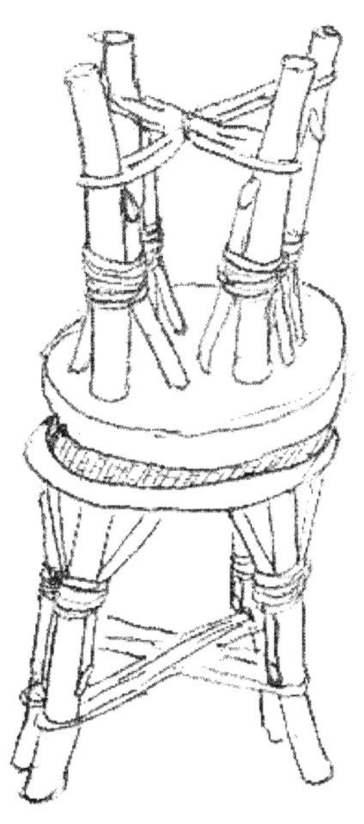

le 12, sep. 2013.
Denfert-Rochereau
café 한쪽에 치워진
tabourets.

프랑스 카페에서 "카페 주세요."라고 하면 에스프레소를 준다. 아메리카노를 원하면 '카페 알롱제(café allongé)'를 달라고 하면 된다. 물론 카페 알롱제도 아메리카노보다는 진하다.

그림은 귀국 후 다시 프랑스로 놀러 갔다가 여유 부리며 그렸던 카페의 스툴이다.

파리의 굴뚝

파리에 정착하고 여기저기 돌아다니면서, 오래된 건물은 점차 눈에 익숙해졌다. 파리에서 가장 오래됐다는 마레의 목조 건물도, 친구가 살던 16세기 건물의 닳은 돌계단도, 한국어 과외를 하러 갔던 19세기 석조 건물도 더 이상 신기하지 않았지만 즐거운 구경거리였다.

건축 공부하는 친구들을 통해 오래된 건물 중에서도 어떤 것이 더 오래되었는지, 시대의 특성이 무엇인지도 주워듣고 알아보게 되면서 건물 구경도 즐거움이 되었다.

지층에서 시작한 시선은 지붕에도 다다랐는데, 오밀조밀 모여 있는 수많은 굴뚝이 보였다. 꼭대기 층에 살아서 그런 것인지는 모르겠지만, 지붕 위에 달린 하녀 방 창문과 함께 굴뚝이 특히나 내 눈에 잘 띄었다.

이젠 전기로 요리하고 난방도 하는데 여전히 남아 있는 굴뚝은 옛 파리의 모습을 보여 주는 것 같아, 바라보는 것만으로도 마치 공부하듯 즐거웠고, 심지어 조형적으로 아름다워 보이기까지 했다, 그때는….

지붕위의 굴뚝
비갠뒤 하늘에 우뚝 솟은.
le 3, décembre

몽마르트르

몽마르트르 언덕은 프랑스로 떠나오기 전부터 일종의 로망이었다. 화가들이 여기저기에서 그림 그리고, 거리의 예술가도 많은 곳. 영화 〈아멜리에〉를 보고 나니 몽마르트르는 낭만 파리의 원형이 되어 버렸다. 언덕 꼭대기에 있는 사크레쾨르 성당과 거기서 바라보는 파리의 전경도, 성당 뒤 테르트르 광장의 화가들도 그 낭만 파리의 증거인 듯했다.

파리에 정착하면서 가끔 친구들과 어울려 몽마르트르에 가는 것은 더 이상 사크레쾨르 성당을 보기 위해서도 아니고, 광장의 그림을 보기 위해서도 아니었다. 의상 전공하는 친구들과 쌓아 놓은 구제 옷 중 쓸만한 것을 고르러 가기도 하고, 옷을 만들겠다고 천을 사러 가기도 하고, 샐러드 맛집을 찾아가기도 했다.

그렇게 드나들기 시작한 몽마르트르에는 이전에는 몰랐던 다양한 가게가 있었다. 레스토랑이나 카페뿐 아니라 신기한 요리 도구를 파는 가게나 향수 가게도 있었다. 그중 향수 가게 쇼윈도에는 그림으로만 보던, 루이 14세 시절의 귀부인들이 썼을 만한 퐁퐁이 달린 도자기 향수병이 전시되어 있었다. 오, 신기한 것! 나도 귀부인인 듯 저런 걸 써 보고 싶었다. 그렇게 몽마르트르는 다시 내 로망이 되었다.

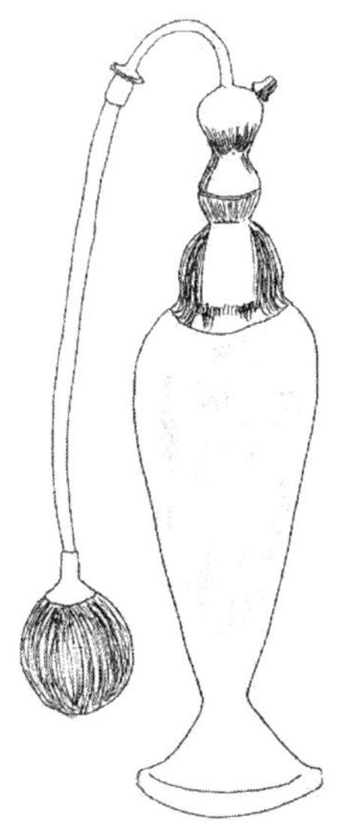

퐁퐁이 향수
à Montmartre

뷔토카이유

'뷔토카이유(Butte-aux-Cailles)', 그 시절 신문에선가 잡지에선가 파리 13구에 위치한 정말 파리다운 동네라며 소개된 곳이다.

아니, 13구라면 차이나타운이 있어 프랑스라기보다는 중국 같은 곳이 아닌가? 하지만 7호선 톨비악(Tolbiac)역에서 조금만 안쪽으로 걸어 들어가니 골목골목 프랑스의 향기를 품은 동네가 나왔다. 시간 맞춰 종이 울리는 작은 교회도 있고, 동네 사람들이 커피 한잔을 하거나 외식을 즐기는 레스토랑도 줄줄이 나타났다. 어쩐지 옛적 파리 모습을 간직한 듯, 조금은 시골스러운 분위기였고 따스한 기운이 동네를 감싸고 있었다.

친구와 수다를 떨며 여기저기 구경하다 보니, 미술 갤러리도 적지 않았고 거리에서도 재미난 그라피티 예술 작품을 발견할 수 있었다. 저녁 어스름까지 돌아다니다가 노란 불빛이 홍겨워 보이는 레스토랑에서 저녁을 먹었다. 용감하게 시도해 본 음식이 내 입에는 맞지 않았지만 그날의 기억은 즐거움으로 가득 차 있다.

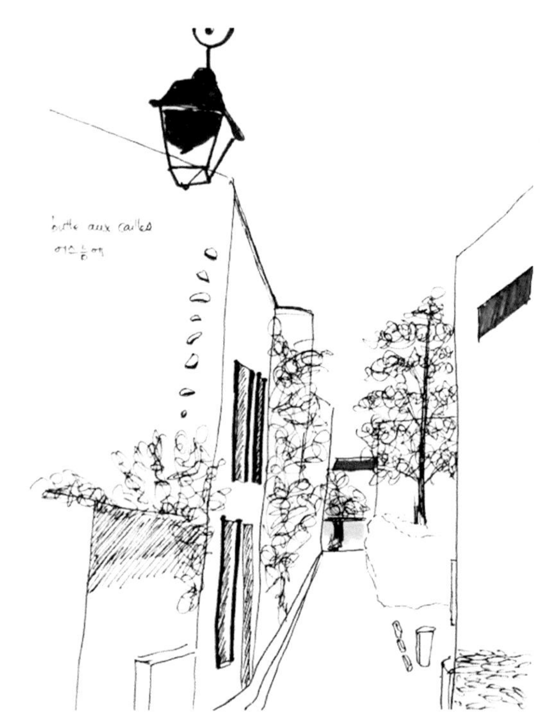

친한 언니 MK가 개인전을 한 곳도 이 동네, 귀국 후 그리움에 몸서리치다가 다시 찾은 파리에서 홀로 점심을 먹은 곳도 여기, 뷔토카이유였다.

마레

마레(Marais) 지구는 매력적이고 재미있다는 여행 책자의 설명과 친구들의 열광에도 발길이 끌리지 않는 곳이었다. 편견이 심한 나로서는 '젊은이들이 몰려 위험하다.'라는 생각과 '쇼핑 말고는 그다지 보고 즐길 거리가 없다.'라는 생각이 들었기 때문이다.

그러다가 피카소 미술관을 가기 위해 발을 들였고, 카르나발레 박물관, 보주 광장도 들르면서 재미있는 동네라는 의견에 동의하기에 이르렀다. 그뿐만 아니라 세련된 분위기는 그곳 가게에도 그대로 드러나, 왠지 그곳의 카페는 더 멋져 보이기까지 했다. 그 후에 거기서 일하는 친구를 만나러 가기도 하고, 근처 백화점에 가는 길에 들르기도 했다. 자주는 아니었지만, 마레는 그 독특함으로 내 속에 들어왔다.

그곳의 건축물은 참 인상 깊었는데 왠지 파리다운 건물들이었다. 너무 중세적이지도 않고, 뷔토카이유처럼 시골스럽지도 않은, 귀족들이 살 것 같은 석조 건축물들과 그 사이 좁은 길 덕에 마레에서의 산책은 영화 속 한 장면 같아, 모퉁이를 돌아서면 화려한 드레스를 입은 귀부인을 태운 마차가 달릴 것만 같았다.

Paris
Marais 지구
튀어나온 건물.
4 ARR
RUE
DES STE

퐁마리

파리의 좋은 점은 구석구석 개성 있고 따뜻한 동네가 여전히 살아 있다는 것이다. 동네마다 대도시 같지 않은, 특유의 동네 분위기가 있다.

7호선 퐁마리(Pont Marie)역에서 내리면 그저 평범한 센강 변인 듯하지만, 근처에는 강변 가까이에 한반도 모양의 한국전 참전 기념비도 있고, 작은 카페나 레스토랑들도 줄지어 있어 아기자기한 분위기를 풍겼다. 조금 더 걸어가면 안쪽 골목으로 정체를 알 수 없는 건물이 있었다. 그 규모가 내 눈에는 어마어마해 보였는데 언젠가 수녀들이 드나드는 걸 본 적이 있어서 아마 수도원이나 교회겠거니 했다. 교회라면 보통 뒤쪽 정원일 곳에 난 나지막하고 넓은 계단으로 이어진 길에는 문방구와 카페가 있었다.

그곳에 갈 일이 있으면 반드시 그 앞을 지나가곤 했는데, 왠지 모르게 조용하고 푸근한 느낌을 주기 때문이었다. 그냥 머무르며 그 느낌을 만끽하곤 했는데, 그 앞에서 커피 한 잔 못 해 본 게 지금에 와서는 무척 아쉽다.

지금에 와서 찾아보니 생 제르베 교회(Eglise Saint-Gervais)란다.

들라크루아 미술관

지금은 어떤지 모르겠지만 내가 유학하던 시절의 파리에는 나름 세련된 동네라고 알려진 곳이 몇 군데 있었다. 내가 살던 동네도 그렇고, 마레도 그런 곳이었다. 생제르망 교회 쪽도 그런 동네 중 하나였기에 가끔 기분 전환으로 가곤 했다.

대로변에는 레 되 마고 같은 유명한 카페도 있었고, 교회 뒤쪽으로 돌아가면 시장도 있었다. 시장 때문에 시끄러운 듯하지만 분위기 있는 레스토랑과 카페가 그 동네의 세련미를 보여 주고 있었다. 시장에서 살짝 벗어난 한적한 골목에 있는 들라크루아 박물관은 파리에 입성한 지 얼마 안 된 여름날 갔던 곳이다. 들라크루아가 생전에 살았다는 그곳은 고즈넉한 분위기였고 전시된 그림을 관람하기에도 좋은 환경이었다.

그런데 신기한 건 지금까지 남아 있는 그 박물관에 관한 기억은 딱 두 가지라는 것이다. <사르다나팔루스의 죽음>이라는 그의 유명한 작품 한 점과 박물관 앞 작고 고즈넉한 광장이다.

상페의 그림에 자주 등장하는 작은 광장을 닮은, 시장의 소리가 아스라이 들려오는 인정이 머무르는 광장. 그리고 그 광장을 떠올리면 큰 그늘을 드리운 나무와 습했던 그날의 날씨가 피부에 와닿는 듯하다.

페르 라셰즈

페르 라셰즈(Pere Lachaise) 공동묘지는 벨빌(Belle-ville)이라는 동네를 매주 드나들던 시절에 단 한 번 방문한, 파리에 살면서 유일하게 들어가 본 공동묘지이다.

화창한 봄날, 산책객과 관광객 사이에 들어가 산책 삼아 이리저리 돌아다녔다. 화려한 꽃으로 장식된 무덤도 있고, 쓰러져 가는 무덤도 있었다. 쇼팽이나 콜레트 같은 유명한 사람의 무덤도 있었고, 무너져 내리고 이름마저 지워진 무덤도 있었다. 날씨가 맑아서인지 무덤이라는 공포감보다는 타인이 이 세상에 살았던 흔적이라는 철학적 사고가 내 속에 가득 찼다.

내 죽음을 생각하게 되는 시간이었다. 내가 죽고 나서 한참 지나면 이 무덤처럼 잊히겠지…. 몸뚱어리가 사라진다고 내 영혼이 사라지는 것은 아니지만, 사람들에게 잊힌다는 게 어쩐지 서글퍼졌다.

갑자기 하늘이 비가 올 듯 어두컴컴해지고 공동묘지는 화려한 옷을 벗고 으스스한 본래의 옷을 입었다. 나는 문득 길을 잃은 것

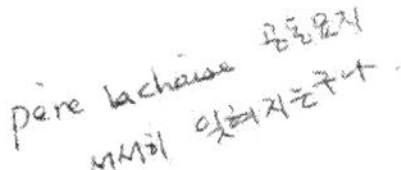

은 아닐까, 석관 뒤에 숨어 있는 유령이라도 만날까 무서워져서 서둘러 빠져나왔다.

그래도 다행히 나에게 그날은 으스스한 공동묘지가 아니라 알록달록 꽃으로 장식된 화사한 햇살 아래 공동묘지를 '관광'했던 날이다.

생 라자르역

유학의 이유가 중세 조각이었던 까닭에 유학 초기, 어학을 하던 때부터 당일치기 자료 수집 여행은 종종 있는 일이었다. 교통비가 만만치 않았지만 의무를 가장한 즐거운 여행을 떠났다.

Gare St. Lazard

파리에서는 목적지에 따라 출발역이 달랐기에, 북쪽으로 가려고 북역에서, 남동쪽으로 가려고 베르시역에서, 남서쪽으로 가려고 몽파르나스역에서 기차를 타기도 했다.

그리고 드디어 처음으로 생 라자르역에서 기차를 탈 일이 생겼다. 정복왕 윌리엄의 태피스트리를 보기 위한 바이유(Bayeux)로의 여행이었다. 여행도 여행이지만 모네의 그림에서 보던 생 라자르역을 본다는 설렘 같은 것도 있었다. 사실, 파리의 어느 역이나 모양새는 마찬가지이고 모네 그림에서처럼 뿌연 증기도 없었지만 그림에서 보던 삼각 지붕만으로도 나는 흥분되었다.

지금은 사진 한 장으로 남은 그날의 생 라자르역. 역의 풍경은 십 년이 훌쩍 지난 지금, 삼각 지붕보다는 기차를 타기 직전에 역 한편 간이 카페에서 커피 한 잔과 스도쿠 소책자를 사서 기차를 탔던 소소한 즐거움과 다시 파리로 돌아올 때 역에 기차가 들어서던 그 안도감만이 기억에 남아 여행의 흥분감을 상기시킨다.

퐁피두 도서관

파리 유학 시절, 나는 여러 도서관에 들락거렸다.

센강 변에 있는 신식 BNF 국립도서관(미테랑 도서관)을 가장 자주 갔지만, 미술사 자료만 따로 모아 둔 INHA 도서관도 귀한 자료를 찾으러 드나들었다. INHA는 오래된 리슐리외 국립도서관 건물에 자리한지라 영화에 나올 법한 넓은 홀에 자리 잡은 도서관이었다. 보기에는 아름다웠지만, 여름에는 덥고 겨울에는 추웠다.

퐁피두 도서관은 앞의 두 도서관과 달리 회원 가입을 하지 않고도 들어갈 수 있는, 누구에게나 열린 도서관이었다. 그래서인지 언제나 30분쯤 줄 서서 기다려 들어가도 빈자리를 찾기가 쉽지 않았다. 공부가 목적이 아닌 듯한 학생들로 다른 도서관에 비해 소란스러운 감도 있었지만, 그곳에서만 볼 수 있는 자료가 있어서 시간을 버릴 각오를 하고 가는 것이었다.

이날도 그런 날이었던 것 같다. 한참을 기다려서 들어갔으나, 앉

아서 책을 읽을 수 있는 자리가 없는 그런 날. 아니면 줄이 너무 길어서 한 시간은 기다려야 할 것 같은 그런 날. 음… 아니면, 그냥 긴 줄을 핑계로 공부하기를 포기한 날.

노트르담의 독수리

앞서 언급했듯이 나는 중세 조각을 공부하러 프랑스로 유학을 갔다. 그래서 파리에 살면서 노트르담은 수도 없이 드나들었고 수도 없이 사진을 찍으며 사랑에 빠져버렸다. 자꾸 보러 가다 보니, 이젠 큰 조각상 구경은 시들해져서, 처음에는 충격이었던 무덤 뚜껑을 열고 부활하는 사람들 조각도 그냥 지나칠 지경이 되었다. 그 대신 마침 박사 과정에서 공부 중인 소소한 조각, 이를테면 큰 조각 옆에 붙어 있는 잎사귀 조각이나 동물 조각 같은 장식에 눈이 가기 시작했다.

책을 잡고 있는 독수리상은 최후의 심판문이라는 서쪽 파사드 중앙문 왼쪽 끝에 달려 있는데, 이 조각을 발견하고는 스스로 얼마나 대견해했는지 모른다. 보통은 독수리를 비롯하여 천사, 사자, 황소는 복음서 저자를 상징하여 문 위 삼각 면에 있는 그리스도를 둘러싸고 있는 형상인데, 파리 노트르담에는 아래쪽 사도상의 발치에 있으니 말이다.

Notre-Dame 독수리
볼때마다 뿌듯.

생각해 보면 프랑스 연구자들은 이미 다 알고 있을 내용인데, 내가 스스로 알게 되었다고 어깨에 힘이 들어가 으쓱으쓱하던 모습이 조금은 낯부끄러워진다.

네 동물 중 독수리는 대개 사도 요한을 상징한다.

노트르담의 별

파리 노트르담의 사랑스러운 작은 조각 중 하나가 별자리 조각이다. 서양인들은 우리가 띠 운세를 보듯 별자리 운세를 봐서 그런지 길에서 나눠 주는 무가지에도 별자리 운세가 나와 있었다. 불어 읽기를 핑계로 매일 열심히 봤던 그 별자리는 중세 농촌의 노동과 연결되어 중세인의 일상에 꽤 큰 영향력을 미쳤는데, 현재도 일상생활과 꽤 밀접한 것 같았다.

Notre-Dame de Paris
Belier

마침 연구 주제이기도 해서 여러 고딕 성당을 쫓아다니며 별자리 조각을 구경하기 시작했다. 파리 노트르담에서는 아마 대부분의 관광객이 알아차리지도 못하고 지나갈 문설주에 조각되어 있는데, 전갈을 닮은 게자리, 갈기가 풍성한 사자자리, 꼬리가 해마처럼 말려 있는 염소자리 등 별자리의 표현은 그 자체가 특이하고 예쁜 것이 많았다.

내 별자리인 양자리는 다른 별자리보다 예쁘거나 장식이 많거나 하지 않고 소박했지만, 왠지 더 마음이 가는 것이었다. 장식은 적고, 양 한 마리가 네 다리를 바닥에 붙이고 묵직하게 자리를 지키는 모습. 다른 별자리에 비해 너무 단순해 초라해 보이기도 하지만, 이 양 조각에 내 인생을 이입해 생각하기도 했다. 세상을 놀라게 할 뛰어난 재능이 있는 건 아니지만, 또래들이 그렇듯 세상살이에 약삭빠르게 움직이지는 못하지만, 묵직하게 가리라. 얼마나 내 삶이 남았는지 알 수는 없지만, 마지막까지 묵직하게 가길!

클뤼니 중세 박물관

10호선 '클뤼니 라 소르본(Cluny la Sorbonne)'역에 내리면 중세 박물관이 있다. 역 이름이 얘기해 주듯 예전 클뤼니 수도원이었던 자리에 있는 박물관이다.

주변 사람들은 박물관이라면 도리질할 사람들이고, 돈 내고 들어간다면 더욱더 싫어할 것 같아 구경 삼아 혼자 갔다. 하지만 중세를 전공하는 나에게도 그다지 재미있는 박물관이 아니었기에 몇 번을 갔지만 늘 쓱쓱 지나치며 대충 봤다. 그나마 혁명으로 파괴된 노트르담 조각의 잔재와 귀부인과 유니콘 태피스트리가 흥미로운 부분이라 다행이었다.

그중 기억에 남는 것은 중세의 목각 피에타였다. 미켈란젤로의 피에타처럼 완벽한 형태나 실제적인 모습은 아니었고 중세 작품들이 그렇듯 뭔가 어설픈 듯했지만, 조각가의 신심이 진정으로 묻어나왔다. 성모의 태연한 척하는 슬픈 표정은 어두운 조명 아래에서 내 가슴을 울렸다.

맞다, 내가 중세 미술을 사랑하는 이유가 그것이었다. 실제적이지도 않고 어쩌면 조악하기도 하지만 예술가의 신심과 감정이 그대로 드러나기 때문에 나는 중세 미술 작품에 감동했다. 그래서 이 피에타만으로도 중세 박물관은 충분히 나에게는 감동적이었다.

중세 박물관의
피에타
-슬픔을 참는
성모 같아

마들렌 교회

마들렌 교회는 나에게 그냥 파리의 관광지 정도의 의미밖에 없었다. 여행 책자에서는 갖가지 미사여구를 붙였고 언뜻 보면 마치 고대 그리스 신전 같았지만, 중세가 전공이니 그런 건물들은 늘 관심 밖이었다. 내게는 그저 유명한 관광지일 뿐이었다.

그 마들렌 교회는 명품 숍이 즐비한 방돔 광장에서 가까운 데다, 근처에는 유명 고급 식품점이 포진해 있었다. 그래서 방돔 광장까지는 아니더라도 가끔은 그 식품점 구경을 하러 가거나-구매하기에는 너무 비쌌다- 근처 피나코텍 미술관에 들를 셈으로 마들렌에 가는 일이 종종 생겼다. 교회는 늘 그늘져 있어 어둡고 죽 늘어선 열주 외에는 볼 것도 없었기에 그곳에 도착하면 재빨리 목적지를 행해 움직였다.

그런데 그 앞을 지나가던 어느 날, 어쩌다 올려다본 마들렌 교회 정면은 놀라웠다. 아래를 내려다보는 예수님! 분명 최후의 심판을 묘사한 듯한 페디먼트에서 그 위엄 있고 엄격한 모습은 말 그대로

신의 모습으로, 바라보는 사람을 압도하기에 충분했다.

마들렌의 아름다움은 그렇게 내 안에 새겨졌다.

뤽상부르 공원

Luxembourg 근처. 교수 만나러 가는 길목.
복잡하게 이는데 없는 건물
L. 16, sept. 06

지도 교수의 집은 뤽상부르 공원(Jardin du Luxemboug)을 바라보는 곳에 있었다. 지하철을 타고 와서 공원을 가로질러 놀이터 옆문으로 나오면 교수의 집이 있었다. 늘 집에서 했던 교수와의 면담 중에는 창밖을 바라볼 일은 없었지만, 분명 멋진 풍경일 것 같았다.

오래된 건물로 가득한 그 동네는 자연과 잘 어우러졌다. 공원에서 노인들은 아침부터 페탕크(남부 프랑스에서 유래한 공놀이)를 하고 있었고, 한쪽에는 아이들을 위한 인형극 극장도 있었다. 여름이면 녹음이 우거져 새소리와 아이들의 뛰어노는 소리가 어우러졌고, 겨울이라 하더라도 아무도 없는 공원의 고즈넉한 자연 한가운데를 걷는 느낌은 상쾌했다. 아침에는 고요한 중 새소리가, 오후에는 아이들의 웃음소리를 비롯한 사람들의 소리로 공원은 가득 찼다. 그래서 교수를 만나러 가는 마음은 늘 무거웠지만, 영혼과 몸은 늘 즐거웠다.

10년이 훌쩍 지나 이런 낙서 같은 그림으로 전시를 하게 되었는데, 구경 온 파리 출신 프랑스 친구, 사빈이 단번에 "이 건물 어디 있는지 알아."라고 했다. 그때의 신기함이란! 내 짧은 기억력에는 이 건물이 더 이상 존재하지 않는데 말이다.

도서관 상념

지도 교수와 관계가 틀어졌다. 날마다 우울했고, 가끔은 울기도 했다. 안 그래도 날씨도 우중충한 파리에서 우울증에 걸릴 지경이었다. 그래도 목표가 있었기에 학업을 포기할 수 없었다. 교수가 한 실낱같은 희망의 말을 붙잡고 도서관에 드나들었다.

퐁피두 도서관에 가는 날이면 집에서 걸어 내려와 72번 버스를 타고 센강 변을 따라갔다. 마음을 차분하게 하는 작은 행복이었다. 버스는 루브르와 콩코드 광장, 에펠 탑이 보이는 샤요궁 앞을 지나갔다. 그래서 집으로 돌아오는 길에 콩코드 광장의 가로등이 일제히 켜지는 것도, 에펠 탑이 정각에 맞춰 반짝이는 것도 버스 안에서 보는 일이 많았다.

돌아오는 버스를 타는 곳은 종점이었는데, 아무도 없는 버스에 미리 타고 출발하기를 기다리곤 했다. 버스 창밖으로 보이던 종점 앞 카페는 바로 옆 번잡한 거리에서는 알 수 없을 서글픈 고요함을 느끼게 했다. 아니, 조용한 버스에 앉아 서글픈 내 상황을 곱씹었기 때문이었을까?

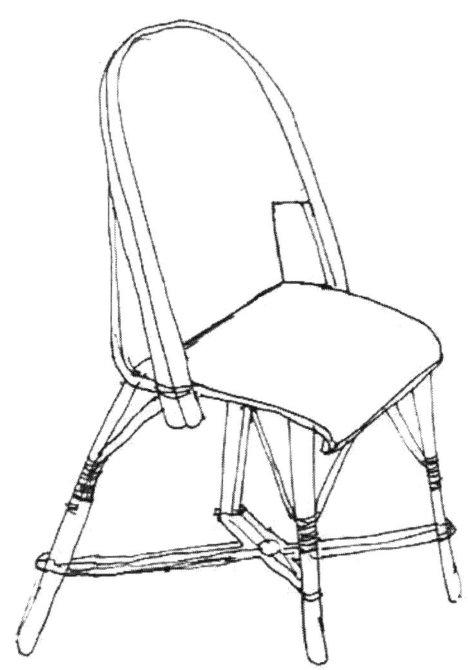

아웅 어렵다. 의자
편안한 대나무의자

파니니&콜라 세트

유학 초기에 릴 시내에 나가면 샌드위치 가게에 진열된 허여멀건 빵을 보며 누가 저걸 먹나 했는데, 그것이 그 빵을 그릴에 눌러 구워 주는 파니니라는 걸 알게 되었다. 그 후 파니니는 즐겨 먹는 먹거리가 되었다.

친구들은 치킨이나 햄이 든 파니니를 먹었지만, 난 고기를 좋아하지 않기에 치즈와 토마토만 든 파니니를 즐겨 먹었는데, 바삭하게 눌린 빵 사이에 흘러내리는 치즈와 달착지근한 토마토의 조화가 환상적이었다. 한 손에는 파니니, 다른 한 손에는 콜라를 들고 거리를 걸으며 한 끼를 때우기에 적격이었다.

소르본 근처 맥도날드 옆에 단돈 3유로에 파니니와 캔 콜라 세트를 파는 조그만 테이크아웃 파니니 가게가 있었는데, 그 앞은 항상 사람들로 북적였다. 주인이 친절하지는 않았지만 나는 그 집 파니니를 좋아해서 책을 사러 가거나 친구들을 만나러 그 동네에 가면 꼭 들러서 먹곤 했다. 한겨울 어느 날엔가는 갑자기 먹고 싶어져서 지하철을 타고 나와서 추위에 덜덜 떨며 줄까지 서서 사 먹었다. 차가운 콜라 캔에 손가락이 얼어서 들러붙는 듯했지만, 그 파니니의 맛은!

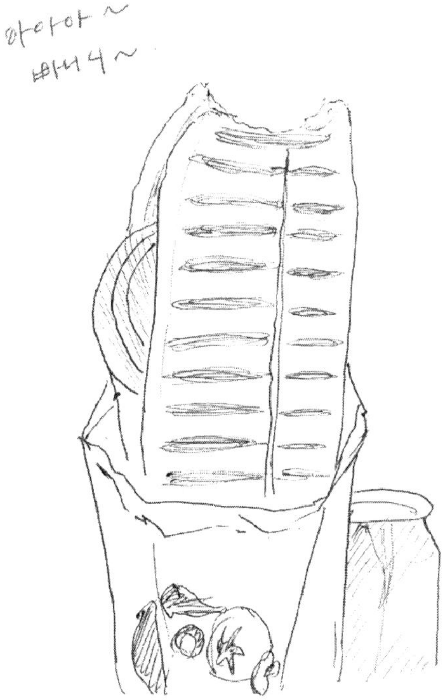

오일장

파리 시내로 들어와서 살다 보니, 삼일장이나 오일장 같은 소규모 장터가 여기저기 있음을 알게 됐다. 집 근처, 라디오 프랑스 옆 작은 광장에도 며칠에 한 번씩 장이 열렸다. 장은 오전에만 열렸는데 식료품 외에도 옷가지 같은 것도 팔았다. 옷은 왠지 촌스러운 느낌이 났지만, 먹거리는 마트에서 사는 것보다 더 신선한 것을 살 수 있을 것 같은 생각에 시장 구경을 좋아하지도 않으면서도 장 구경을 하러 가기도 했다.

한국인 관광객들은 '몽쥬 약국'에서 저렴하게 화장품을 사느라고 들르는 동네이지만, 플라스몽쥬(Place Monge)는 지하철역에서 조금만 들어가면 젊은이들이 북적대는 카페로 둘러싸인 광장이 있었고, 반대쪽은 좁은 내리막길을 따라 상설 시장이 있어서 활기로 가득 찬 동네였다. 호객하는 아저씨의 목소리가 울려 퍼지고, 작은 크레페 가게나 아이스크림 가게, 신기한 소품이나 액세서리를 파는 가게도 눈에 띄었다.

역 바로 앞 광장에는 며칠에 한 번씩 열리는 장터가 있었다. 보통은 빈 천막만 있던 그 역에 내렸을 때 장이 열린 것을 알게 되면 괜히 즐거웠고, 뭔가를 사지는 않았지만 혹시라도 살 게 없나 흘끗흘끗 쳐다보며 장터를 가로질러 지나갔다. 이렇게 나는 프랑스의 삶을 누리고 있었다.

지하철역 풍경

불어가 잘 안 들리던 시절, 교통수단은 무조건 지하철이었다. 버스를 타면 하늘을 볼 수 있고 아름다운 파리 골목 여기저기를 구경할 수도 있지만, 말을 못 알아들어 제때 못 내리는 위험을 피하는 방법이 지하철이었다. 그리고 시간이 촉박할 때는 무조건 지하철이 정답이었다.

백 년도 더 됐다는 지하철역으로 내려가는 계단은 늘 어두침침했고, 대개는 을씨년스러워 사람이 없는 역인 경우는 두려울 때도 있었다. 릴보다 파리 지하철 플랫폼은 더 어둡고 지린내가 진동했으며, 돌아다니는 벌레나 쥐를 목격하는 경우도 많았다.

그래도 지하철 모든 것이 우울한 건 아니었다. 몇몇 역은 자신의 색을 드러내어 아트 파리의 면모를 역 외관에서 드러내기도 했다. 플랫폼 둥근 천장에 타일로 유명인사의 사인을 넣기도 하고, 철제 프레임을 플랫폼에 짜 넣은 곳도 있었다. 팔레 루아얄(Palais Royal) 역처럼 외부 입구가 알록달록 화려한 곳도 있었다. 샤틀레(Chatelet) 역의 20세기 초의 아르 누보 양식의 입구는 그곳을 드나드는 것만으로도 관광지에 와 있는 것 같은 기분-실제로도 관광지-이 들었고, 그래서 파리에 사는 게 늘 여행 같았다.

파리를 벗어나

떠나온 지 벌써 10년이 가까워져 오지만, 여전히 파리는 내가 가장 잘 아는 도시이고, 그리운 친구들이 살고 그리운 먹거리가 넘쳐나는, 추억을 가득 담은 그리운 곳이다.

그렇다고 유학 생활 내내 파리의 품에 파묻혀 살지는 않았다. 프로피테정(Profitez-en, 상황을 잘 이용하라)이라는 프랑스 관용구가 있는데, 그 말에 응답이라도 하듯 내 프랑스 살이를 살뜰히 이용해 한국에서 여행을 왔다면 일부러 찾아가지 않을 곳을 여기저기 다녔다.

일 년에 한 번 정도는 친구와 프랑스를 벗어나기도 했지만, 보통은 혼자 프랑스 내에서 당일치기로 떠났다. 여행지 중에는 루앙처럼 볼거리도 넘치고 거리도 활기찬 도시도 있었고, 랑처럼 날씨 탓에 인적이 드문 곳도 있었다. 너무 작아 도시라기보다는 시골 같은 곳도 있었고, 작은 중세 성 밖으로 크게 도시가 형성된 곳도 있었다. 샤르트르처럼 수없이 드나든 도시도 있는가 하면 트루아처럼 폭설로 반나절 만에 발길을 돌린 후 다시는 안 간 곳도 있다.

전공을 핑계로 떠난 여행이 대부분이었지만 나는 여행을 통해 다양한 것을 보고 싶었고, 즐기고 싶었다. 어느 곳이든 가는 곳의 문화를 누리고 싶었고 그래서인지 모든 여행지는 각자의 풍경과 먹거리 등으로 개성을 드러냈다. 종종 즐겁거나 혹은 당황스러운 에피소드를 내게 선물하기도 했고, 큰 감동을 선사한 곳도 있다. 보려던 성당이 전체 보수 공사 중이라 보지도 못하고 실망하며 돌아온 곳도 있지만, '다 보았노라.'라고 외칠 만한 곳은 없었다. 그래서 어느 한 곳도 그립지 않은 곳이 없다.

바쁜 일상 중에 언젠가 프랑스로 여행을 가리라 희망하지만 그게 언제가 될지, 그 추억 깃든 곳 중 몇 군데나 갈 수 있을지 알 수 없기에 더욱더 그립고 그립다.

램프는 우아함

박사 과정에 들어가면서 한글 학교 교사로 일하게 되었다. 처음에는 아르바이트처럼 생각했는데, 점차 내 생활 중심으로 들어왔다. 목 늘어난 티셔츠에 운동복을 입은 후줄근한 평소의 모습과 다르게, 수요일은 잘 차려입은 선생님의 모습으로 출근하여 아이들 앞에 서는 것이 일상의 신선한 바람이었고 참 즐거웠다.

열심히 하게 되니 일 년에 한 번 프랑스 내 한글 학교 교사들만 모여서 하는 연수에도 참석하게 되었다. 교통비는 학교에서 지원하는 덕에 남부 프랑스는 물론, 리옹 같은 대도시와 스트라스부르 같은 예쁜 도시에 발을 디딜 수 있었다.

연수 기간 동안 한국어 교육에 대해 많은 것을 배우고, 많은 사람을 알게 되었지만, 우리가 묵던 호텔이나 연수원 시설은 감탄할 만한 것은 아니었다. 교장 선생님이 호텔이 끝내준다며 기대하라고 했지만, 실제로는 그저 그런 정도였다. 그림 속 장소가 어디였는지 기억은 안 나지만, 그래서인지 램프'는' 우아하다고 써 실망감을 감추었나 보다.

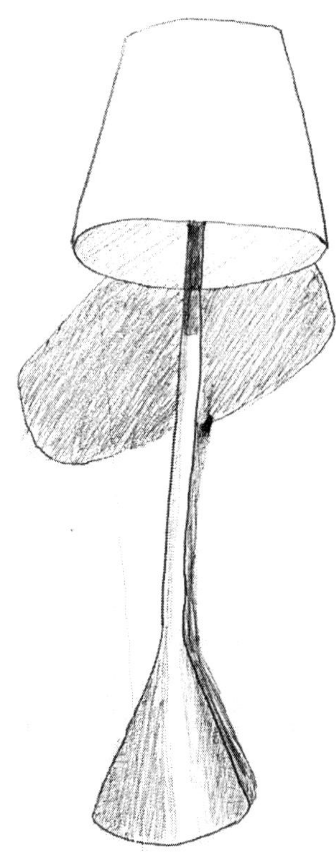

연수원 Lampe
램프는 우아함.
le 5. déc. 06

런던 교외에서

프랑스행 비행기에 함께 올랐던 수임이가 영국으로 터전을 옮겼다. 친동생 같던 그 친구도 볼 겸, 영국에서 유학 중이던 대학 친구들도 볼 겸 영국에 놀러 갔다.

수임이는 런던 남쪽 서민들이 사는 변두리 동네에 여러 친구와 함께 살았는데, 방 창밖의 풍경은 왠지 을씨년스러웠다. 그곳에서 신세를 지기는 했지만 수임이는 일하랴 공부하랴 하루를 치열하게 사는 친구라 나는 혼자 런던을 돌아다녀야 했다.

이른 아침, 수임이가 출근하고 나면 나는 혼자서 아침을 챙겨 먹고 시내로 나와 수임이가 퇴근할 때까지 런던 시내를 배회했다. 공짜라는 이유로 여기저기 유명 미술관을 관람하며 시간을 보냈지만, 음식도 그렇게 맛나지 않았고, 좁고 낡은 골목 여기저기는 공사판이었다. 게다가 대낮에도 꽉 막힌 오래된 도로까지. 런던은 내게 그다지 아름답지 않았다.

그렇게 온종일 돌아다니고 나면 여행자의 피곤함과 서글픔 때문에 파리의 집이 그리웠다. 프랑스도 타국이건만 그곳이 내 삶의 터전이 되었다는 이유만으로 그곳을 사랑하게 된 것이다.

SOUTH BANK E
수잇네 창밖.
가난한 이의 따뜻한
가슴이 느껴질 듯한 풍경
치열한 삶의 현장.
햇살을 가득 품은 오후
le 29. août. 07
à Londre.

트램 여행

처음 유럽 여행을 떠났을 때, 헝가리에서 본 트램은 참 신기했다. 지하가 아닌 땅 위에서 도심을 가로지르는 트램은 옛 서울 기록물에서나 볼 법한 것이어서 신기했을 것이다. 그 트램을 유학 온 프랑스 릴에서 다시 만났다.

트램은 릴 중심가를 출발해 바르비유(Barbieux) 공원과 조용한 주택가를 지나 루베(Roubaix)시 번화가에 다다랐다. 트램을 타고 지나갈 때마다 공원의 상징 같은, 몇백 년은 됐을 것 같은 커다란 나무를 보는 것도 행복했고, 공원 초입에 있는 폴(Paul) 빵집 앞을 지나갈 때면 거기서 아침 식사로 먹은 진한 핫초코와 버터 바른 바게트가 떠올라 입안 가득 침이 고였다.

트램 옆으로는 여름에는 무성한 가로수가 줄지어 있었고 바르비유 공원의 호수도 트램을 따라 났기에 마음도 전원을 달리듯 편안해졌다. 그래서 시간이 좀 넉넉하다 싶은 날은 기차 여행을 하듯이 트램을 타고 루베시에 가는 것이 큰 즐거움이었다.

파리에도 트램이 있고 심지어 트램 길에 잔디도 깔려 있지만, 그 때의 그 분위기는 역시 릴이 아니면 안 된다 싶다. 아마 여유 부리던 그 시절이 그리운 건 아닌지….

샤르트르

샤르트르(Chartres)는 내가 사랑하는 도시이다. 대학 졸업반 때, 예쁜 고딕 성당과 사랑에 빠진 이후로 처음 유럽 여행을 떠났던 때도 짬을 내어 들렀던 도시이며, 프랑스에 정착하고서는 수도 없이 드나들던 도시이다. 꽃샘추위에 덜덜 떨면서도 갔고, 한여름 더위를 먹어가면서도 방문한 곳이다. 혼자서도 갔고, 친구들과도 갔고, 엄마와도 동생과도 갔고, 또 멀리서 오신 교수님을 모시고도 갔던 곳이다. 하지만 갈 때마다, 잘 아는 듯 모르는 곳이 이곳이었다.

마지막으로 갔을 때는 논문에 필요한 사진을 찍는다는 핑계로 사진을 전공하는 친구를 꼬셔서 간 초여름 날이었다. 덥긴 했지만, 그늘은 시원했고 친구들과 돌아다니는 것도 즐거웠다. 높은 곳에 있는 성당 뒤뜰에서 보이는 개울 낀 마을로 내려갔다. 지난봄에 동생이랑 갔을 때 백조가 알을 품던 그 개울에는 버드나무가 늘어져 시원한 그늘을 만들어 놓았다.

버드나무와 물풀 때문에 온통 초록빛으로 물들어 있던 그곳. 그때 그린 그림을 보니 그렇게나 좋아하는 성당보다 그 개울의 푸르른 모습이 눈앞에 그려진다.

그림은 버드나무를 나의 하트 모양 노트에 그린 것이다.

퐁텐블로

아마 10월이었을 것이다. 지원이와 퐁텐블로(Fontainebleau)성으로 놀러 갔던 것이. 기차를 타고 역에서 내려 또 버스를 타고 들어가는 곳이었다. 버스에는 온통 관광객으로 가득했고, 조용한 거리는 그들로 순간 분주해졌다.

사실 내게 성은 참 재미없는 볼거리였다. 방을 지나면 방이 나오고, 또 방이 나온다. 방마다 침대 같은 비슷한 가구가 있어 마치 남의 집 구경을 하는 듯했다. 그래서인지, 성이 어땠는지 전혀 기억나지 않는다. 유명한 말굽 계단(escalier fer à cheval)도 사진으로만 남았다. 무도회가 열렸다는 홀의 화려한 천장이 그나마 어렴풋이 기억나는 건 목제 천장의 그림이 너무나 아름다웠기 때문이다.

가장 기억에 남는 건 지원이와 마차로 성 정원을 한 바퀴 돌았던 일이다. 마차를 타겠다며 나무 사이로 달려가던 지원이와 정원에 가득하던 단풍과 낙엽, 말발굽 소리, 낙엽 부서지는 소리, 진한 낙엽 냄새 그리고 그때의 그 공기는 아직도 기억 속에 선명하다.

Escalier
fer à cheval
de Fontainebleau
졸리다.
너무 많이 걸었나봐.
amazing grace.
왜 이렇게 가슴이
아프지?
grève로 고생했다.

부르주

부르주(Bourges)에 있는 중세 조각을 보러 가는 김에 동네 구경이라도 하려고 여행 책자와 인터넷 사이트를 뒤적이다 보니, 부르주에 근사한 늪지대가 있었다. 사진상으로는 신비로워 보이기까지 하는 곳이었지만, 원래 방문 목적이 아니었기 때문에 일부러 가서 배를 타고 늪지대 깊숙이 구경할 계획은 없었다.

그런데 이른 아침 눈앞에 맞닥뜨린 부르주 늪의 풍경은 참 아름다웠다. 아침 물안개가 가득한 늪지대에 배를 타고 들어간다면 사차원 세계에라도 들어간 느낌일 것 같았다. 아쉬움으로 늪지대를 지나 원래 목적대로 조각을 보고 여기저기 구경하고 나니 오후가 되었다.

물안개는 이미 걷히고 청명하기 이를 데 없는 하늘에 푸르른 나무까지, 또 다른 분위기를 자아내고 있었다. 물가를 따라 한참을 기분 좋게 산책을 하며, 다시 한번 와서 반드시 배를 타리라 생각했지만 그때가 처음이자 마지막 방문이 되고 말았다.

노르망디 해변

내 유학 생활의 한 부분은 교회와 관련이 있었다. 종교 생활이 학업에 지장이 되지 않도록 노력했는데, 오히려 교회 행사를 이유로 의도치 않게 여기저기 여행할 수 있는 기회도 생겼다.

이때도 그런 때였다. 어학당 학생 중 파리에 있는 학교로 진학할 한국 학생들이 있을까 기대하며 노르망디 캉(Caen)까지 집사님 차를 타고 '유학생 김치 나눠 주기' 행사에 갔다.

10년도 훨씬 지나 기억나는 것은 그때 만나던 사람들도 아니고-알고 보니 그때 만난 사람 중에는 절친의 신랑이 된 사람도 있었다- 같이 갔던 사람들도 아니다. 행사가 끝나고 잠시 들른 노르망디 해변만이 기억에 또렷이 남았다.

해 질 녘 쌀쌀한 날씨에 나는 차 밖으로 나갈 생각조차 하지 않았다. 잠깐만 나와 보라는 친구의 권유도 뿌리치고 따뜻한 차 안에 앉아 차창 밖으로 보이는 풍경을 사진기에 담았다. 차가운 바닷바람과 거기 잠시 머물러 바다를 바라보던 친구와 그 친구를 바라보는 나.

Caen
고즈넉하다

바이유

쌀쌀한 겨울 아침, 계획 없이 그냥 '땡긴다.'라는 이유로 바이유(Bayeux)에 갔다. 그 유명한 정복왕 윌리엄(Guillaume le conqué-rant)의 태피스트리를 보고 싶은 것도 이유라면 이유였다. 세 시간 가까이 기차로 달려 역에 내리니 허허벌판에 기차역만 덜렁 있었다. 무척 당황스러웠지만 주변에 사람도 아무도 없어, 무작정 걸을 수밖에 없었다. 얼마쯤 걷자 다행스럽게도 바이유 시내 초입에 들어설 수 있었다.

목표라고 삼은 태피스트리와 거대한 바이유 성당을 보고 나니 짧은 겨울 해는 이미 넘어가고 있었다. 서둘러 구경한 동네는 낮은 건물과 좁은 골목, 저녁 어스름에 크리스마스 장식까지 참 아기자기해 보였다.

성당 옆 수 세기 자리를 지켜 온 목조 건물에는 뭔가 순박하게까지 느껴지는 낡은 조각이 달려 있었다. 성경 인물이라고 하는데, 조각을 공부했음에도 불구하고 어떤 인물인지 나는 알 수가 없었다. 어두운 저녁 빛에 사진은 흔들렸고, 눈도 나빠서 그 조각이 어떤 인물인지는 전혀 알 수 없게 되었다.

그래도 그 조각을 바라보던 그 순간은 또렷한데, 투박한 솜씨지만 경건한 마음으로 조각했을 그 시절 조각가의 순박한 마음이 전해지는 듯했기 때문일까.

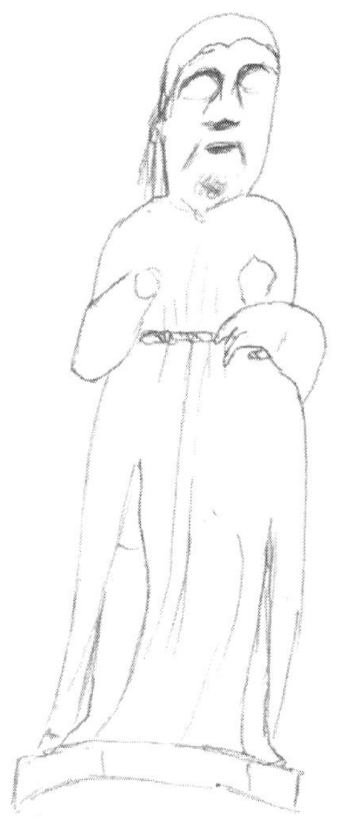

Bayeux
목조건물 조각
아~ 이게 아닌데...

베르망통

베르망통(Vermenton)이라는 작은 동네가 있다. 거기 로마네스크 양식의 작은 교회 입구에 있는 조각이 내가 연구하던 중세 노동과 별자리 이미지라서 자료 사진이라도 찍을 겸 갔다.

맑은 봄날, 기차를 타고 오세르(Auxerre)로, 그다음에 버스로 크라방(Cravant)으로, 그 뒤에 또다시 버스를 타고 도착하고 보니 정말 작은 마을이었다. 식당 아저씨는 동양인을 처음 보는 듯 신기해하며 질문을 해댔다. 교회 종소리를 들으며 느긋하게 점심을 먹고 자료로 쓸 사진도 다 찍고 어슬렁거리며 동네를 둘러보니 10분이면 한 바퀴를 돌 수 있는 작디작은 마을이었다. 조금만 걸어가면 벌판이 펼쳐졌고, 광장에는 문 닫은 가게가 대부분이었다. 거리도, 집도 인기척을 느낄 수도 없이 고요하기만 했다. 거리의 고양이 몇 마리만 소리 없이 배회하다가 낯선 나를 보고 다가왔다. 마치 유령처럼 다리를 끌며 지나가던 할머니 한 분이 내가 그 동네를 돌아다니며 본 유일한 사람이었다.

그런 빈집 같은 집 중 하나, 화분으로 만든 사람이 의자에 앉아 있고 마당 여기저기 화초로 장식되어 있었다. 처마에 달린 새장에서 지저귀는 작은 새만이 그곳에 사람이 살고 있음을 알려 주고 있었다.

하루에 버스가 두 번만 들어왔기에 몇 시간을 지루하게 기다렸는데 그 마지막 버스가 한참 연착되어 가슴 졸이며 기다렸던 그날, 그곳.

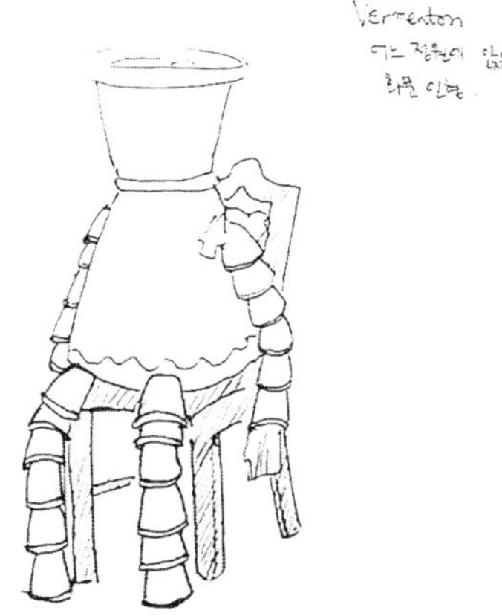

라데팡스

나는 아날로그적인 사람이다. 패스트푸드보다 엄마 밥이 좋고, 아파트보다 주택이 좋다. 파리에 살 때도 유명 체인 카페의 종이컵에 담긴 커피보다 동네 카페의 작은 잔에 담긴 커피가 더 좋았고, 내가 살던 19세기 건물보다 친구가 사는 16세기 건물이 근사해 보였다.

그래서 그런지 그 유명한 라데팡스(La Defense)에 아무런 흥미가 없었다. 최신식 고층 빌딩 숲에 거리는 모두 걸어 다닐 수 있는 인도이고, 차도는 모두 지하로 숨어 버스 정류장마저도 지하로 숨어버린 획기적 현대 도시라 하더라도 내게는 획기적이고 아름다운 것이 없었다.

그런데 오래된 프랑스어 교재에 나온 내용이 나를 이 고층 빌딩 사이로 이끌었다. 라데팡스의 그랑다르슈와 개선문, 루브르 앞 카루셀 개선문, 이 세 개선문이 일직선상에 있다는 것이다. 이를 확인하려고 그랑다르슈 아래로 가서 개선문 쪽을 바라봤다.

희미하게나마 개선문은 보이지만 카루셀 개선문은 안 보이네.

실눈을 떠 볼까? 그래도 안 보이네. 망원경이라도 사야 하나. 에잇, 할 수 없지. 그 대신 차 없는 빌딩 숲 구경이나 실컷 하고 마트에서 장이나 보고 가자. 마음을 바꿔 버렸다.

베르사유

한국처럼 쨍하게 추운 날, 베르사유(Versailles)에 갔다. 그 유명한 키치 아티스트 제프 쿤스가 베르사유궁에서 전시를 한다는 것이다. 그런데 가는 날이 장날이라더니, 전철이 중간에 고장 났다. 조금 당황했지만 한 할아버지와 역무원이 알려 준 다른 기차역까지 가기로 했다. 이 파리 토박이 할아버지는 베르사유는 처음이란다. 말동무가 생겨 좋긴 했지만, 바람에 콧물 흘리며 한참을 걸어서 다시 기차를 타고, 또 한참을 걸어서 베르사유궁까지 갔던 그날은 참 고생스러웠다.

그래도 베르사유에서 집으로 돌아오는 버스는 참 여유로웠다. 전철을 타는 것보다 시간이 배는 더 걸렸지만, 그래도 여유롭게 창밖을 바라보며 베르사유 구석구석을 달리는 기분도 나쁘지 않았다.

파리 외곽의 모습은 서울 외곽과는 많이 달랐지만, 왠지 그 느낌은 서로 닮아 있었다. 파리처럼 세련되지 않으나 시골처럼 외진 느낌은 없고, 사람들은 무표정한 얼굴로 버스에 올랐다. 그날따라 하늘은 맑아 햇빛이 긴 그림자를 만들었고 버스 안은 훈훈했다. 베르사유에서 출발한 버스는 즐거운 여행길에서 집으로 돌아가는 따뜻한 기분을 선사했다.

샹티이

샹티이(Chantilly)에 가던 날 아침, 친구에게 전화가 왔다. 여행 간다고 했더니 같이 가겠단다. 콩데성에서 랭부르 형제의 15세기 필사화를 보고 싶었기 때문에 친구의 관심사와는 거리가 멀다고 지레짐작했는데, 나조차도 그날은 잘 기억이 나지 않는다. 필사화는 본 기억도 없고, 햇빛이 뜨겁게 내리쬐던 그날, 유명하다는 경주마들은 어디로 숨었는지 넓은 잔디밭만 펼쳐져 있었다. 점심 먹으러 식당을 찾아 돌아다녔던 승마장 옆길과 호수에 비친 콩데성만 기억에 있다.

그리고 몇 년 뒤에 그 샹티이의 '그랑에퀴리(grand ecurie)'라는 마구간에서 하는 음악회 초대장을 얻어 구경하러 가게 되었다. 어린이 오케스트라와 피아니스트 백건우 씨의 협연이었다.

마구간의 규모나 장식보다는 특이한 장소에서의 공연이라, 게다가 그 유명한 백건우 씨의 공연이라니 궁금증으로 약간 흥분되기까지 했다. 공연은 환상적이었다. 오케스트라의 서툰 실력에도 불구하고 독보적인 피아노 연주에 모두들 기립 박수를 쳤다. 말똥 냄새가 나지는 않아도 투박해 보이는 거대한 마구간에서의 연주는 샹티이가 말로 유명하다는 것을 다시 한번 알려 주었다.

그래서 이제 나에게 샹티이는 말이 없는 마구간으로 남았다.

아미앙

릴에서 어학 하던 시절, 같은 북부 지역에 속해 가깝고 큰 고딕 성당이 있다는 이유로 아미앙(Amiens)에 종종 가곤 했다. 그런데 그때 찍은 사진은 지금은 남아 있는 것이 없다. 보관을 잘못해서 사라졌거나, 자료로 쓸 만한 사진이 없었기 때문일 것이다. 성당 앞 넓은 광장 끝에서 쭈그려 앉아 사진을 찍었으나 거대한 성당의 전신이 다 들어오지 않았고, 어떻게 해야 하나 고민했지만 내 사진 촬영 실력은 봐 줄 만 하지 않았다.

그러나 사진보다 더 여운이 남는 여러 이미지 덕분에 여행은 좋은 추억으로 남았다. 개울 한가운데 서 있던 목각 아저씨 조각상이 그중 하나이다. 쌀쌀한 날씨에 모두 바쁘게 다리 위를 왔다 갔다 하는데 이 아저씨는 홀로 개울에 박힌 작은 돌 위에 서 있었다. 처음엔 개울 청소하는 사람인가 할 정도로 실제에 가까운 모습이었지만, 색이 살짝 벗겨진 목각이었다. 그 자리에 들어선 지 좀 되었는지 계절에 맞지 않는 밝고 가벼운 옷 모양새도 눈에 띄었다. 그날 나는 개울가에 한참을 서서 그 목각 아저씨를 바라봤다. 그

Amien에서
개울 한 가운데 서
있는 목각 아저씨

리고 기분은 이 아저씨로 인해 상쾌해진 것 같았다.

아미앙에 여러 번 갔지만, 마지막 여행에서 처음 만난 이 조각 덕분에 북프랑스 특유의 우중충한 아미앙의 이미지는 조금은 발랄해졌다.

랑

단체 여행 버스에서 졸다 눈을 뜨니 랑(Laon)이었다. 화창하지만 선선한 바람이 불던 그 기분 좋은 4월 어느 날, 랑에서 머문 짧은 시간은 꿈 같았다. 성채로 둘러싸인 언덕 위의 성당과 언덕 아래 보이던 마을까지 사진 컷처럼 아련히 기억에 남아 있을 뿐이었다.

그리고 다시 랑을 홀로 찾은 날은 춥고 바람이 많이 불던 날이었다. 언덕 아래에서 언덕 위 마을에 이르는 계단은 끝나지 않을 것 같았다. 힘들게 올라온 계단 끝은 말 그대로 성채로 둘러싸인 중세 시대였다! 점심을 먹고 나오니 비까지 흩뿌리고 있었고 짙은 안개로 성채는 신비로워 보이기까지 했다. 성당 꼭대기의 황소 조각은 희미하게 보였고, 하굣길에 나선 아이들만 아니었으면 중세의 모습 그대로인 듯했다. 그러나 습기를 가득 먹은 추위에 우산도 없이 다니던 나는 감기에 걸려 버렸다.

그날이 한참 지나 한국에서 다시 정착한 직장에 새로 온 프랑스인 인턴이 랑 출신이라는 말을 듣는 순간, 그날 그 추위 속에 안개에 가려진 성당이 내 머릿속에 다시 찾아왔다.

언덕 아래 기차역에서 언덕 위의 구시가지까지 왕복하는 전차가 있다는 건, 내려오는 길에 알았다.

몽생미셸

SNCF(프랑스 철도청) 사이트를 잘 뒤져서 저렴하게 여행을 다니는 수지 커플이 몽생미셸(Mont Saint Michel) 여행을 같이 가자고 했다. 가족 같은 그들에게는 거리낄 것도 없기에 기꺼이 '오케이'를 했다.

구불구불 미로처럼 얽힌 수도원을 헤매듯 구경하고 수도원 꼭대기에서 바닷바람을 맞으며 수지가 싸온 김밥도 먹고 수도원 아래 카페에서 간식도 사 먹었는데, 모든 기억이 조금씩 희미해져 같이 간 수지와도 기억에 차이가 생겨 버렸다.

그런 가운데 아름다운 회랑은 내 기억에 뚜렷이 남았다. 섬세한 조각으로 장식된 가느다란 열주와 그 사이로 스며드는 햇살, 안뜰의 푸르름과 고요함.

그날 불운하게도 내 카메라는 수도원 초입에서 방전이 되어 버렸고, 그렇게 친한 사이인데도 사진 찍어 달라는 말을 제대로 못 해서 내가 찍고 싶었던 몽생미셸 사진은 몇 장 되지 않는다. 그래도 차마 그냥 지나칠 수 없어 부탁했던 그 아름다운 회랑에서의 한 컷은 다른 사진보다 더 애정이 간다.

그날 회랑 열주에 비친 부드러운 햇살.

Mt. St. Michel
cloitre
넘 아름다움

옹플뢰르

유학 막바지에 친해진 사람들이 있다. 그중 몇몇은 아직도 연락하고, 몇몇은 연락이 끊겼다. 프랑스에서 마지막으로 그들과 함께 떠났던 옹플뢰르 여행은 그래서 더 아쉬움이 남는다.

차 한 대로 떠난 옹플뢰르(Honfleur)는 참 '예뻤다.' 비 오는 날, 여러 색깔을 입은 건물들과 물에 비친 그림자, 그리고 그 앞에서 누린 카페 한잔의 여유. 하늘은 잿빛이었지만 공기는 투명했고 그래서인지 풍경도 더 아름답게 보였다.

하지만 여럿이 떠난 여행이기에 사람들끼리 삐걱거림이 있었고, 결국 우리 중 몇몇이 마음이 상해 각자 구경하기로 했다. 오히려 여럿이 다니는 것보다 혼자가 편했던 나는 마음이 맞는 친구와 둘이 아기자기한 동네를 누비며 재미있는 가게 구경도 하고, 오지랖 넓은 한 동네 아저씨에게 돌기와 지붕에 관한 설명도 듣고 나름 즐거운 시간을 보냈다.

하지만 그날 함께한 사람들의 다툼으로 인해 다시는 무리 지어 여행하지 않으리라 결심하는 계기도 되었다.

Honfleur 물에 비친 그림자가
참 예뻤다
KATIA GRANOFF
AU VIEUX HONFLEUR
La Maison Bleu

생드니

파리 지하철 13호선을 타면 갈 수 있는 생드니(Saint Denis)를 바로 방문하지 않은 것은 땅을 칠 게으름 때문이 아니었다. 프랑스 전체에서도 알아주는 우범 지대인 탓에 세계 최초의 고딕 교회가 있는 곳인데도 선뜻 발걸음이 내키지 않았기 때문이다.

그래서 파리로 이사 온 후에도 몇 달을 벼르다 혼자는 못 가고, 같이 살던 연정이와 함께 처음 발을 디뎠다. 동네의 길거리 풍경은 위험하다기보다는 참 이국적이었다. 여태껏 보지 못했던, 고딕 교회를 비롯한 서양식 풍경과 아프리카 복장의 흑인들이 어우러진 모습은 말 그대로 이색적이었다. 파리 시내에서는 보지 못했던 알록달록한 옷차림과 끝이 뾰족한 바게트도 신기하기만 했다.

동네 전체가 특유의 향신료 냄새로 가득 차 북아프리카 어느 도시인 듯한 생각도 들었다. 그리고 북아프리카 이민자가 많아 위험하다고 다들 말하지만, 생드니 성당은 전혀 개의치 않는 것 같았다. 오히려 도시는 성당뿐 아니라 오래된 프랑스식 건물과 어우러져 독특한 분위기를 자아내며 자신만의 색깔을 당당히 드러냈다.

사람들이 부정적이라고 하는 변화에도 아름다운 모습은 늘 숨어 있나 보다.

루아양

교회에서 행사 참여를 위해 루아양(Royan)에 갈 일이 있었다. 나야 처음 들어 보는 이름이지만 프랑스에서는 휴양지로 널리 알려진 곳이란다. 휴양지라는 이름에 걸맞게 선착장에는 요트가 가득했고, 해변에는 깨끗한 모래사장이 펼쳐져 있었다. 흐리고 쌀쌀한 날씨에도 바닷가 모래사장에서 사진을 찍는 것만으로도 휴양지에 온 기분이 들었다.

나는 혼자 루아양 성당을 구경하러 갔다. 멀리서 보면 잿빛 하늘에 높이 솟은 아름다운 회색 건축물이 꽤 근사해 보였는데 가까이 가서 보니 콘크리트로 지은, 심지어 외관 칠도 안 된 콘크리트 덩어리 그대로의 을씨년스럽기까지 한 건물이었다.

조금 실망은 했지만 그래도 왔으니 들어가 보자. 그런데 다시 한 번 반전이었다. 내부는 장중하면서도 화려한 모습이었다! 재단 앞 삼각형 모양의 스테인드글라스는 참 아름다웠다. 어두운 실내에서 삼각 스테인드글라스는 천상의 빛인 듯 빛나고 있었다.

언젠가 요트라도 타게 되면, 아니 그냥 루아양 해변에 해수욕하

러 올 때, 다시 한번 루아양 성당을 볼 수 있으리라 살짝 기대했다. 귀국하고 나니 언젠가, 정말 언젠가 프랑스에 가서 휴가를 보내게 된다면 다시 한번 가 보리라 꿈을 꾼다.

푸아티에

귀국을 결정하고 친구들과 푸아티에(Poitier)로 소풍을 갔다. 그날 비가 왔지만-내가 여행하는 날은 왜 항상 날씨가 우울한지 모르겠다- 우리는 즐거웠다. 예술가의 영혼이 꿈틀대는 두 친구는 이제까지 혼자 다닐 때 느껴보지 못한 독특한 느낌의 여행을 만들었다. 노트르담 라그랑드 교회 같은 문화유산에 흥미가 있는 것이 아니라, 사람 사는 골목길에서 아름다움을 찾아냈다. 이 친구들 덕에 골목 구석구석을 누비며, 여기저기 신기한 가게에 들어가서 구경하고 이곳저곳에서 포즈를 취해 열심히 사진을 찍었다. 심지어는 이상한 표정을 짓거나 팔짝팔짝 뛰며 공중 부양 컷을 찍기도 했다.

아무런 준비도 없이 곧 한국으로 돌아가야 하는 내 미래는 불투명하고 암울했지만, 그 순간만큼은 친구들과 즐거웠다. 처음 먹어보는 음식과 처음 가 보는 장소에 더하여 즐거운 친구들로 인해 약간 흥분된 상태로 카메라 셔터를 마구 눌러 댔다. 이제 보니 그날의 수많은 사진은 그날의 두 감정-불안함과 즐거움-을 그대로 드러내는 것 같다.

Poitier
우산가게
비오던 날
여행...
PARAPLUIES

루앙

또다시 여행 병이 도졌다. 프랑스 여행 책자를 뒤적이다 루앙(Rouen)으로 당일치기 여행을 떠나기로 했다. 늘 그렇듯 왕복 티켓을 끊어서.

도착하고 보니 루앙은 잔 다르크가 화형을 당한 곳이자 모네의 루앙 대성당이 있는 곳일 뿐만 아니라 곳곳에 중세 이후 지금까지 이어진 오랜 삶의 향기를 간직한, 살아 있는 박물관이었다.

잔 다르크 화형터에 세워진 뾰족지붕 교회(성 잔 다르크 교회)는 예쁜 공원을 끼고 있었지만 북적거리는 시장과 맞닿아 있어 사람 사는 향기가 났고, 모네가 연작으로 그린 루앙 대성당은 세월의 때를 그대로 머금어 거무튀튀했다.

여행으로 알게 된 명소이자 중세 시대 페스트가 유행할 당시에 시체를 묻었다는 애트르 생마클루에는 이제 루앙 보자르 미술 학교가 자리 잡고 있었다. 오래된 목조 건물에 조각된 해골만 아니면 그 사실을 알 수도 없을 것 같은 따뜻한 느낌이 도는 곳이었다. 화창하다 못해 뜨거웠던 그날, 그곳에서 나는 도시의 낡은 기억을 끄

집어내어 다시금 곱씹었다.

기차 시간에 맞춰 돌아오는 발걸음은 못내 아쉬웠고 조만간 다시 오리라 생각했지만, 거대 박물관을 다시 가보지 못하고 한국으로 돌아왔다. 그래서인지 루앙은 내게 여전히 사랑스러운 도시로 남았다.

수아송

기대는 없었지만 수아송(Soisson)은 조금 실망스러웠다. 같이 간 친구에게도 약간은 민망한, 그런 여행이 되어 버린 것 같았다. 중세에는 분명 꽤 큰 도시였을 텐데 지금은 그저 많이 쇠락한 소도시였던 것이다. 포장도로는 여기저기 움푹 패여 걷기도 쉽지 않았고, 광장 옆 시장마저도 한산한 데다 거리에는 이민자가 많아서 프랑스인지 북아프리카인지 모를 분위기가 느껴졌다.

실망감 때문인지 여행 목적이었던 대성당은 기억에 없고 생장데비뉴(St. Jean des vignes) 수도원 폐허에 서 있던 파사드의 구멍 뚫린 장미창만이 기억에 남는다. 그 거대한 수도원 터에서 아이들은 뛰어놀고 있었고 그것만 빼면 주변은 고요하기까지 했다. 수도원의 남은 부분은 아름다운 조각으로 가득했지만 그것도 제대로 관리되지 않아 먼지 쌓이고 서서히 허물어져 가고 있는 것 같았다. 우리네 폐사지를 보듯 왠지 서글프기만 한 수도원 폐허였다.

늘 그렇듯 낯선 곳으로의 여행은 내 예상에서 벗어난 것만이 기억에 남는가 보다

수도원 폐허는 수아송의 대표적 관광지란다.

디종

디종(Dijon)의 첫인사는 비였다. 기차에서 내리니 파리의 맑은 하늘은 우중충한 하늘과 비로 바뀌어 있었다. 교회 종소리에 기상할 꿈에 부풀어 예약한 구도심에 있는 호텔은 역에서 꽤 떨어져 있었고, 우산을 쓰고 울퉁불퉁한 옛 포도를 따라 힘들게 캐리어를 끌고 가니 신발은 물론 캐리어 아랫부분까지 젖어 있었다. 꿉꿉한 여행의 시작이었다.

그곳에 살고 있던 프랑스 친구 티팬은 한걸음에 호텔로 달려왔다. 반가움으로 신이 나서 젖은 운동화를 신고도 티팬과 여기저기 구경하며 저녁까지 돌아다녔다. 파리에서는 볼 수 없는 화려한 교회 지붕과 형태를 알아보기도 어렵게 닳아 버린 올빼미까지 그날 오후는 축제와 겹쳐 즐겁기만 했다.

저녁으로 지역 토속 음식인 뵈프 부르기뇽을 먹고 나오니 비는 개어 있었다. 어둠은 거리에 내려앉았고 여전히 길은 젖어 있었으나, 공기는 청명했다. 고요한 거리는 우리의 발소리로 잠시 깨어나는 듯했다. 이 짧은 밤 산책은 여행 중 최고의 행복을 선사했다.

그리고 기대하던 종소리로 맞이하는 아침은… 환상적이었다!

아프리카-부르키나파소

원래 아프리카에 갈 생각은 없었다. 지금 생각해 보면 난 여행을 그다지 좋아하는 스타일은 아닌 것 같다. 낯선 곳 구경은 신나지만 낯선 곳에서의 잠은 불편하기 이를 데 없고 겁은 많아서 나보다 키가 큰 사람도, 다른 인종도 두려웠다. 그런데 아프리카라니!

그러나 어찌어찌 가게 된 아프리카는 내게 선물이었다.

한 번도 본 적 없는 광활한 초원에 드문드문 서 있던 나무들과 밤이면 머리 위로 쏟아지는 별들부터 갑자기 몰아치는 거센 폭풍우와 그늘에 있어도 피부가 그을릴 더위, 땅에 내려앉은 대머리독수리와 비쩍 마른 닭, 아기를 업고 와서 자기 밥그릇을 세 번이나 깨끗이 비우고 나서야 움직이던 어린아이들과 '우아하게' 의자에 앉아 있던 추장 가족, 벽을 타고 올라가던 알록달록 예쁜 도마뱀과 매일 없애도 새로 생기는 거실의 개미집, 몰려온 아이들에게 우리 저녁을 내어 주고 끓여 먹던 라면까지 모든 것이 새로운 경험이자 선물이었다.

기름과 쌀로만 지은 '리그라'라는 그곳 밥은 먹지 않았지만, 마당 한편에 걸어 둔 큰 무쇠솥에 밥 짓던 풍경은 왠지 우리 시골과 닮아 보였다. 그래서인지 이제 아프리카는 낯선 곳이 아니라 이웃이 되었다.

랭스

지금까지 본 고딕 성당 중에 숨이 멎을 듯했던 곳은 두 곳이다. 파리의 생트샤펠(Sainte Chapelle)과 랭스 대성당. 물론 가장 마음이 가는 곳은 샤르트르지만, 내 눈에 두 성당의 화려함과 섬세함은 어떤 성당도 따라갈 수 없었다.

프랑스 왕들이 대관식을 했다는 랭스(Reims)로 가는 길은 대성당을 목적으로 가는 여행이었다. 그렇기에 성당 가는 길목에 수없이 지나친 아르누보식 건물도 대강대강 훑어보듯 지나갔고, 샴페인 산지임에도 애초에 샴페인 가게에는 들릴 생각조차 하지 않았다.

가슴 설레며 모퉁이를 돌았고, 그 자리에 나는 숨이 멎을 듯 멈춰 섰다. 쌀쌀한 날씨에 높은 하늘조차도 작아 보이는 웅장하면서도 섬세하고 우아한 성당의 자태! 한참을 그 자리에 서서 나는 넋이 빠진 듯했다.

가까이에서 본 미소 천사상이나 정면의 조각 자리를 대체한 삼각 면의 장미창, 벽을 가득 채운 벽감 속 성상과 샤갈의 스테인드 글라스는 물론, 성당 옆으로 돌아가면 볼 수 있는 '숏 다리' 조각도 인상적이었다. 그러나 무엇보다 그날 나를 멈춰 세운 그 충격적인 웅장함과 아름다움은 잊지 못할 것 같다.

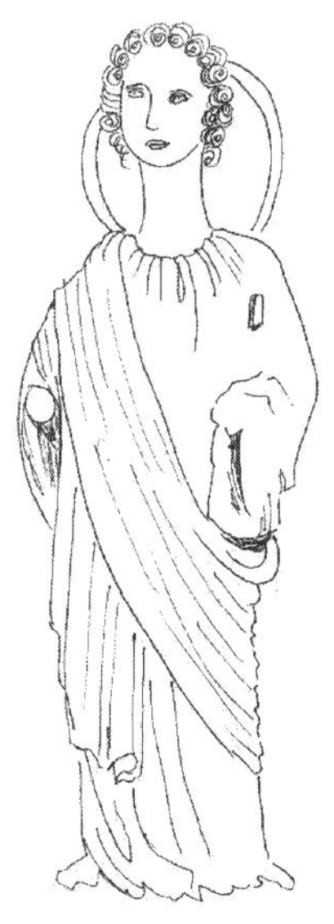

목 길고 다리 짧은,
cathédrale de Reims의
조각
손목도 잘림

상리스

새벽 두 시에 죽은 듯 고요한 중세 도시의 포도를 덜덜 소리 내며 차로 달리는 것은 마치 타임머신을 타고 아주 오래전으로 돌아간 듯했다. 그 시간 나는 13세기 상리스(Senlis)에 있던 것이다!

하지만 아침의 상리스는 마치 수백 년을 살아남은 불사조라도 되는 것처럼 중세의 모습 그대로였으나, 동시에 살아 숨 쉬는 모습이었다. 좁은 골목에 자리한 장터는 호객하는 상인과 흥정하는 손님들로 북적거렸다. 사람들은 낯선 우리에게도 미소를 던졌다.

상리스는 아름다운 도시였다. 옛 성벽의 흔적과 오래된 건물들 사이에 수백 년 자리를 지켜 온 성당은 조용히 빛났다. 저녁이 되면 성당은 화려한 조명에 낮과는 다른 빛을 발했다. 파리에서 한 번에 가는 대중교통은 없었지만 한 번씩 성당의 아름다운 조각을 보러 가거나 혹은 조용한 옛 유럽을 느끼러 갈 만큼 매력적이었다.

지금은 가끔 옛날 가죽쟁이가 무두질을 했다는 그곳 개울에 산다는 가재가 아직 있을까, 그 사실을 알려 준 까미유라는 청년도

그곳에 아직 살까 궁금해진다.

Paris

문을 닫으며

다섯 살 조카를 꾀어서 열세 살이 되면 고모와 함께 프랑스로 가자고 했다. 아이는 처음에는 신이 나서 에펠 탑까지 그려 주면서 가겠다더니, 이후로는 매번 볼 때마다 엄마 없이 여행 가는 것에 두려움을 품었는지 가겠다 안 가겠다 번복하고 있다.

사실 프랑스 유학 시절은 고생스러워도 즐거웠고 지금도 정말 그립지만, 그곳에서 그때처럼 살고 싶은 생각은 없다. 그저 재미나게 여행을 하고 싶을 뿐이라 어떻게 하면 여행 갈 구실을 만들까 한 것인데 아이는 그런 고모의 마음은 모르고 새로운 세계에 대한 호기심과 두려움이 충돌하는 그 속내를 거침없이 드러낸 것이다.

조카가 열세 살이 될 때까지 수년을 기다려 함께 가게 될지, 아니면 혼자서 당장 떠나게 될지 미래의 일은 전혀 알 수가 없지만, 다시 프랑스 땅을 밟을 그 날에, 이 글을 쓰며 그랬던 것처럼 그 시절 내가 살아 냈던 시간을 다시 보게 되리라.

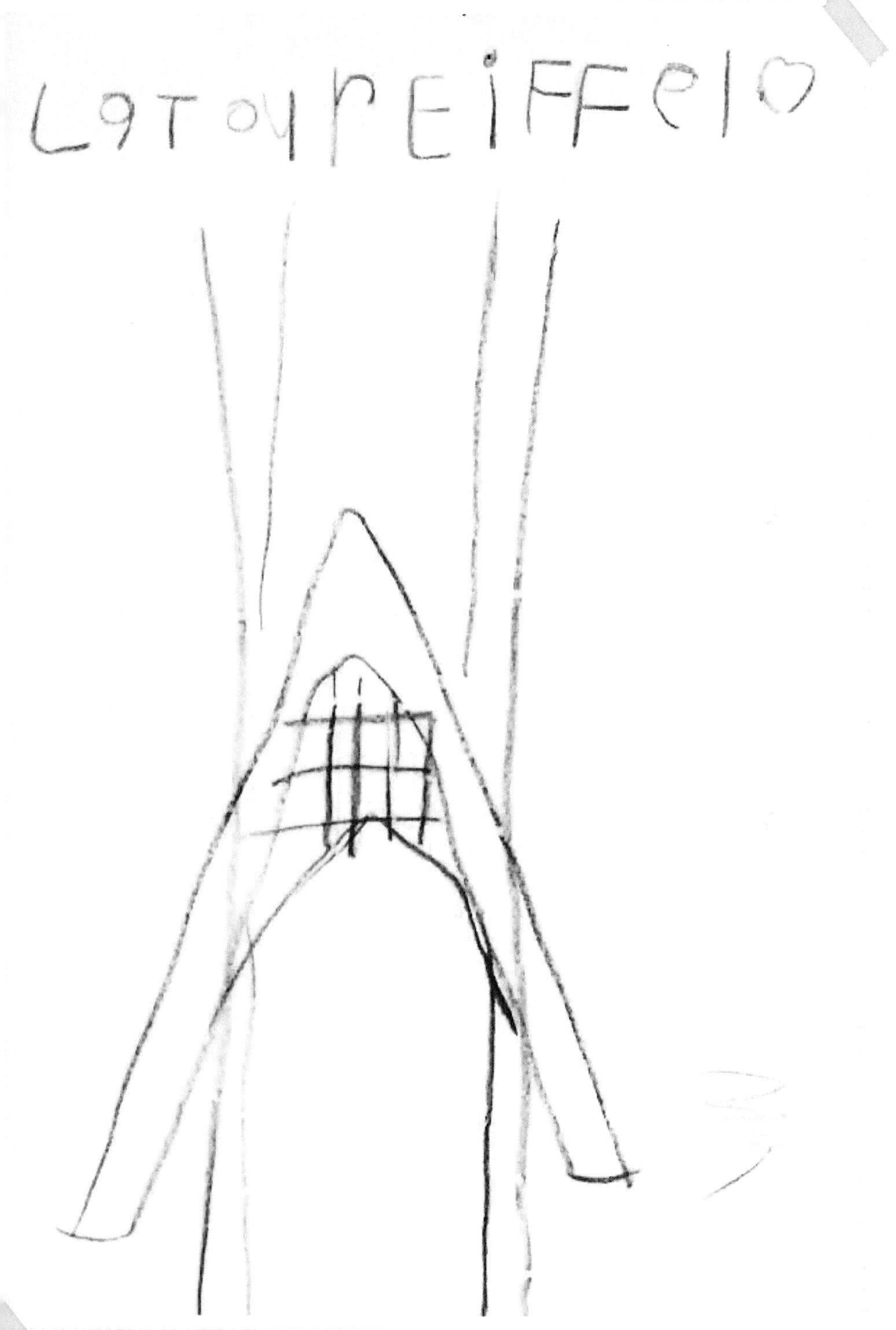
LaTourEiFFel

어떻게 가나요?

파리에서

1. 노트르담

- 지하철 4호선 시테(Cité)역 하차.
- 지하철 4호선/10호선/RER C선 생미셸(Saint Michel)역 하차.
- 2019년 4월 화재로 진입 금지.

2. 들라크루아 미술관 (6 Rue de Furstemberg)

- 지하철 4호선 생 제르망 데프레(Saint Germain des prés)역 하차.
- 생 제르망 데 프레 교회를 바라보고 왼쪽으로 돌아 골목으로 진입.

3. 뤽상부르 공원

- RER B선 뤽상부르(Luxembourg)역 하차.

4. 마들렌 교회

- 지하철 8호선/12호선/14호선 마들렌(Madelein)역 하차.
- 교회 뒤쪽 식료품점 옆 피나코텍 미술관 전시 중 재미있는 전시도 있다.

5. 마레

- 마레 지역은 꽤 넓어서 가는 방법도 다양하다.
- 지하철 11호선 랑뷔토(Rembuteau)역에서 하차하여 퐁피두 센터를 등지고 진입.
- 지하철 1호선/11호선 오텔 드 빌(Hotel de ville)역에서 하차하여 BHV 백화점 쪽으로 진입.
- 지하철 1호선 생 폴(Saint Paul)에서 하차하여 스타벅스 뒤쪽 골목으로 진입. 이 방법으로 가면 보주 광장에 가장 빨리 갈 수 있다.

6. 몽마르트르

- 지하철 2호선 앙베르(Anvers)역에서 하차하여 언덕 쪽으로 진입(관광객들이 몰려간다).
- 또 다른 방법으로는 12호선 라마르크 콜랑-쿠르(Lamarck Caulain-court)역에서 하차하여 Saint Vincent 묘지 쪽으로 올라오면 르누아르나 피카소 같은 화가들이 자주 들렀다는 선술집 라팽아질

(Au Lapin agile: 22 Rue des Saules)과 파리에 남아 있는 몽마르트르 포도 농장도 볼 수 있다. 단점은 급경사 언덕길을 올라야 한다는 것.

7. 뷔토카이유

- 지하철 7호선 플라스 디탈리(Place d'Italie)역에서 하차, Bobillot 길로 진입하여 걷다 보면 왼쪽으로 Butte aux cailles 길이 나온다. 반드시 그 골목이 아니더라도 작은 갤러리는 숨어 있다.
- 톨비악(Tolbic)역에서 가는 길은 조금 더 멀다.
- 내가 그린 그림 속 위치는 Passage Botion.

8. 클뤼니 중세 박물관

- 지하철 10호선 클뤼니 라 소르본(Cluny la Sorbonne)역 하차. 공원 안쪽으로 진입.

9. 페르 라셰즈 공동묘지

- 지하철 2호선/3호선 페르 라셰즈(Père Lachaise)역 하차.

10. 생제르베 교회

- 지하철 퐁 마리(Pont Marie)역 하차, 한국전 참전기념탑(한반도 모양)을 지나 직진, 오른쪽에 큰 성당 건물이 보인다.

11. 퐁피두 도서관

- 지하철 11호선 랑뷔토(Rambuteau)역이 가장 가깝다고 나오지만, 지하철 1호선/11호선 오텔 드 빌(Hotel de ville)역에서가 접근이 더 용이하다. 더불어 파리 시청사와 화려한 식료품상 조합 건물(syndicat de l'épicerie française)도 볼 수 있다.
- 퐁피두 센터 입구는 광장 쪽이지만, 도서관은 대로변에 있다. 건물을 따라 조금만 올라가면 사람들이 줄을 서 있는 것이 보일 것이다. 바로 도서관 입장줄이다.

12. 플라스 몽쥬

- 지하철 7호선 플라스 몽쥬(Place Monge)역 하차. 장터는 역 바로 앞 광장에 있다. 광장 안쪽 Ortoran 길을 따라가면 북적이는 시장 길과 레스토랑으로 둘러싸인 밝은 광장이 나온다.

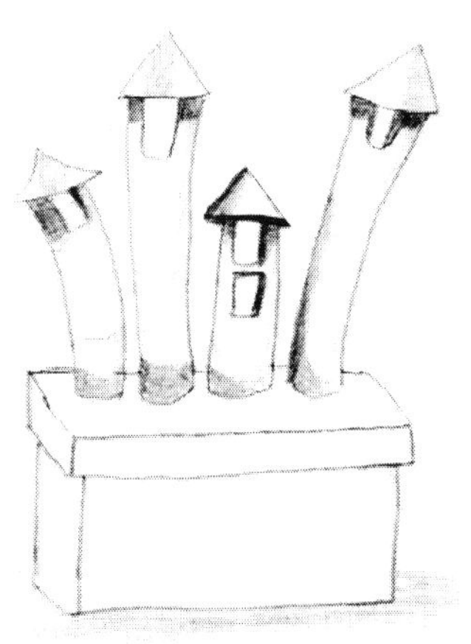

파리를 벗어나

1. 디종

- 파리 리옹역(Gare de Lyon)에서 출발. 테제베(TGV)로 약 1시간 30분 소요.

2. 라데팡스

- 지하철 1호선/RER A선 라데팡스 (La Défense)역 하차.

3. 랑

- 파리 북역(Gare du Nord)에서 출발, 약 1시간 30분 소요. 역을 등지고 왼쪽에서 성당이 있는 꼭대기까지 가는 트램을 탈 수 있다. 소요 시간은 도보와 비슷하다.

4. 루아양

- 2020년 현재, 기차 직행은 없다.
- 파리 몽파르나스(Gare Mont-parnasse)역에서 출발하여 니오르(Niort)나 앙굴렘(Angoulême)에서 환승. 약 4시간 소요.

5. 랭스

- 파리 동역(Gare de l'Est)에서 출발, 테제베로 약 50분 소요.

6. 릴

- 파리 북역에서 출발, 테제베로 약 1시간 소요.

7. 몽생미셸

- 파리 몽파르나스 역에서 출발, 렌(Renne)까지 1시간 30분 소요. 이후 버스로 환승, 버스로 1시간 소요. 시간대에 따라 환승역이 다를 수 있다.

8. 바이유

- 파리 생 라자르(Gare St-Lazare)역에서 출발. 약 2시간 20분 소요.

9. 베르망통

- 내가 여행할 당시에는 없던 직행열차가 생겼다. 그때는 열차를 타고, 버스를 두 번 갈아타고 갔던 곳이다. 하지만 구경거리가 별로 없었다는 건 안 비밀.
- 파리 베르시(Gare Bercy)역이나 파리 리옹역에서 출발, 약 2시간 20분 소요.

10. 베르사유

- 파리 몽파르나스역에서 출발. 약 10분 내외로 소요되나, 도착역이 베르사유성과 떨어져 있어 15분 정도 걸어야 한다.
- 파리 시내에서 RER C선(Versailles-chateau 방면)을 타면 성과 가까운 RER역에서 하차한다. 약 40분 소요.
- 파리까지 직행버스는 없다.

11. 부르주

- 파리 오스테리츠(Gare Austerlitz)역에서 출발. 열차에 따라 소요 시간은 약 2시간 20분~3시간 30분으로, 직행/환승 여부 등도 다르다.

12. 상리스

- 현재 상리스로 가는 대중교통은 확인되지 않는다. 그 아름다운 도시를 더 이상 대중교통으로 갈 수 없다고 생각하니 마음이 쓰리다.

13. 샤르트르

- 파리 몽파르나스역에서 출발. 약 1시간 20분 소요.

14. 샹티이

- 파리 북역에서 출발, 약 25분 소요.
- RER D선을 타고 갈 수 있으나, RER을 타고 혼자서 멀리 가는 것은 추천하지 않는다.

15. 생드니

- 지하철 13호선 바질리크 드 생드니(Basilique de St.-Denis)역 하차.

- 소매치기 조심, 또 조심!

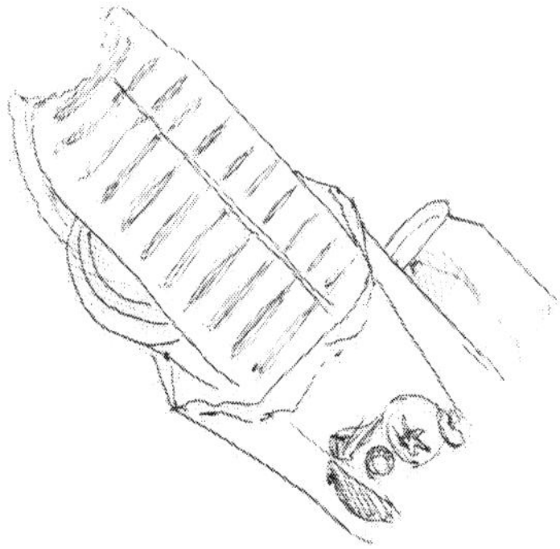

16. 수아송

- 파리 북역에서 출발, 약 1시간 소요.

17. 아미앙

- 파리 북역에서 출발, 약 1시간 20분 소요.

18. 옹플뢰르

- 파리 베르시역에서 출발, 버스로 약 3시간 소요.

- 친구들과 갔을 때는 자가용으로 갔기 때문에 근처 도빌(Deauville)과 트루빌(Trouville)까지 갔다.

19. 캉

- 파리 생 라자르역에서 출발, 약 2시간 20분 소요.

- 실제로는 캉에서 바닷가는 꽤 거리가 있다.

20. 퐁텐블로

- 파리 리옹역에서 출발, 약 40분 소요. 하차 후 버스로 이동.

21. 푸아티에

- 파리 몽파르나스역에서 약 1시간 30분 소요.

참고

- 프랑스 철도청: https://www.thetrainline.com

- 파리 근교 교통: https://www.vianavigo.com

부록

Sketchy

R.K EXPRESS
SOUTH BANK E